ANTONIA J. CORRALES ha trabajado como correctora, lectora, columnista en periódicos locales, articulista en revistas culturales, entrevistadora en publicaciones científicas, jurado en certámenes literarios y coordinadora radiofónica. Ha sido galardonada con una veintena de premios en certámenes internacionales. Es autora de: *Epitafio de un asesino* (2005), *La décima clave* (2008), *La levedad del ser* (2012), *As de corazones* (2013) y *En un rincón del alma* (2012). Esta última es un bestseller internacional de largo recorrido con una permanencia de más de 1.300 días en el top 100 de los más vendidos. *Mujeres de agua* es la esperada continuación de este bestseller, reclamada por miles de lectores.

antoniajcorrales.blogspot.com.es

Primera edición: febrero de 2018
Segunda reimpresión: enero de 2019

Printed in Spain – Impreso en España

ISBN: 978-84-9070-441-7
Depósito legal: B-26.483-2017

Impreso en Novoprint
Sant Andreu de la Barca (Barcelona)

BB 0 4 4 1 7

Penguin
Random House
Grupo Editorial

Mujeres de agua

ANTONIA J. CORRALES

Si habitas alguna de las páginas de esta historia,
no tengas dudas: eres una mujer de agua.

La vida, a fin de cuentas, es eso; un hola y un adiós.

HAY MUJERES

Hay mujeres que arrastran maletas cargadas de lluvia,
hay mujeres que nunca reciben postales de amor,
hay mujeres que dicen que sí cuando dicen que no.

«Hay mujeres», 1986.
Autor: Joaquín Sabina

1

A veces los recuerdos se adhieren al presente como la propia piel y nos acompañan en cada paso. Se columpian en los perfumes de los que comparten contigo almuerzo o un café en vaso de plástico en la puerta del restaurante. Bailan con el humo del apresurado cigarrillo que te ha permitido desconectar del trabajo. Se cobijan, como lo hacen tus sentimientos, bajo un paraguas rojo, de la lluvia de un otoño húmedo, vespertino y melancólico. Mientras las hojas de los árboles se dejan caer al suelo tapizando de ocres las aceras. Se desploman despacio y, vapuleadas por el viento, acompañan tu caminar nostálgico entre el tumulto anónimo y ajeno de una ciudad que se come tu vida a bocados secos, firmes y violentos. Y el presente pasa de soslayo sobre ti, ignorándote o dándote la vida en un instante tan mágico como veloz. Porque el presente es como un amante esquivo y anárquico que se te escapa de entre los brazos dejándote siempre a medias, con ganas de más, de algo más que nunca termina de pasar.

Después de la muerte de mi madre los acontecimientos se precipitaron. Su marcha cambió nuestras vidas. Se hizo dueña de nuestro presente y distorsionó nuestro futuro. Primero fue el vacío que dejó su partida después del accidente. El silencio, un silencio sobrecogedor que nos lastimaba. Que parecía adherirse a las paredes de la casa, a los cuadros que colgaban de la buhardilla, donde pintaba en soledad; lejos de nuestro egoísmo, de nuestra apatía por su trabajo. La ausencia de sus pisadas, del ir y venir constante y regular en la mañana de habitación en habitación, de armario en armario. El olor del café recién hecho, el sonido de la lavadora al centrifugar. La voz del locutor de la emisora de radio que conectaba día tras día y que se convirtió en parte de nuestro despertar. Su figura serena en el sofá, leyendo junto a la chimenea. La silla vacía en la mesa de la cocina, ladeada. Siempre se sentaba de lado, como si en cualquier momento fuera a levantarse a toda prisa. Las mondas de las naranjas, de una pieza, tan perfectas que podían colocarse como si los gajos aún estuvieran dentro. La ausencia de flores en los jarrones. Sus plantas llenando de vida cualquier rincón. Esas pequeñas cosas a las que no solemos prestar atención porque se convierten en rutina, porque siempre están ahí, como lo estaba ella. Era un centinela, nuestro guardián. Pendiente de cada suspiro, de cada gesto, de cada necesidad. Durante muchos años se olvidó de sus penurias, de sus sueños, porque lo importante no era lo suyo, sino lo nuestro.

Sin que nos diésemos cuenta, sin que sintiéramos su hacer, en silencio, poco a poco, dejó posos de vida sobre nosotros. Nos cubrió con una tela invisible hecha de ese polvo de hadas que solo poseen los sentimientos de las madres y que nos hizo fuertes ante el desaliento. Nos enseñó a luchar por los sueños, por nuestra libertad, a no abandonar, a ser nosotros mismos frente a todo y a todos. Y, de repente, sin previo aviso, sin una mísera premonición que nos pusiera en alerta, cuando comenzábamos a entender por qué viajó a Egipto sola, sin decirnos nada sobre su marcha imprevista, aquel hechizo mágico del que estaba hecho su cariño, nos abandonó.

Se marchó para siempre sin decir adiós, sin ser consciente de que partía. Olvidó su paraguas rojo y llovía. El día que murió llovía, como no podía ser de otra forma, como lo había hecho todos los días importantes de su vida. Llovía con fuerza, con ira, como si el cielo fuera a romperse, como si quisiera partirse en dos.

Se había ido una mujer de agua; el cielo tenía que llorar.

Sus anhelos, sus planes, el deseo de emprender una nueva vida, de tomar un camino diferente, se quedaron trabados en aquel vuelo, dentro de aquel avión que se fragmentó en pedazos como la existencia y los sueños de todos sus pasajeros.

La vida es hermosa, sorprendente y agridulce. Es un regalo maravilloso. Pero su belleza y duración son, a veces, una impronta indebida.

2

Mi padre permaneció dos meses en un limbo anodino. No se tomó ningún día de descanso, de duelo para llorar su marcha, su ausencia. Acudía a la oficina como lo hacía antes de que ella muriese. Tal vez el no poder verla; los meses que ella llevaba fuera de casa, en Egipto, y el saber que ya no volvería a vivir con él, que había solicitado el divorcio, que se había vuelto a enamorar, le hizo entrar en un estado de letargo inusual, casi enfermizo, y los remordimientos le atoraron. Mientras yo me aferraba a su recuerdo, exprimiendo cada instante pasado, rescatando su olor en la ropa que había dejado en casa, acariciando el respaldo de su sofá o poniendo el programa de radio en la mañana, él simulaba desentenderse de lo que sucedía. Ausente, alejado incluso del dolor que nos aquejaba a mi hermano y a mí. No hablaba, se negaba a hablar sobre lo sucedido y, cuando nos veía llorar, se iba, huía como un cachorro presa de un miedo turbador. Cabizbajo, sumergido en su sufrimiento, abandonaba la casa para volver horas o días más tarde como si nada hubiera sucedido. Como si solo le importase olvidar.

—Es un egoísta, siempre lo ha sido. Se fue por su culpa —dijo Adrián, mi hermano, después de una de las huidas de mi padre, cuando ya llevaba una semana sin regresar a casa.

—Todos hemos sido egoístas. Creo que lo último que deberíamos hacer es buscar culpables —le dije, alzando el tono de voz. Subí a la buhardilla, cogí los folios manuscritos que formaban el diario que mi madre le escribió a mi abuela durante su viaje a Egipto y se los entregué—. Léelo —le dije, y dando media vuelta le dejé con la palabra en la boca.

Adrián permaneció aquel día enclaustrado en la buhardilla, leyendo aquellos folios manuscritos que años más tarde se convertirían en una novela titulada *En un rincón del alma*. Dos semanas más tarde abandonó las oposiciones, el sueño de convertirse en notario, y se marchó a trabajar a Londres. Con su diplomatura, con una tesis sobresaliente, se colocó de pasante para una firma de abogados sin prestigio. Después de tantos años estudiando no encontró nada mejor. Parecía no importarle el puesto, el sueldo o la distancia, tampoco el desarraigo que su traslado produciría en él. Creo que lo único que deseaba con todas sus fuerzas era escapar, huir, salir de aquella situación de angustia que le aquejaba. Se negó incluso a aceptar la ayuda de mi padre que le ofrecía la posibilidad de un puesto mejor y más cercano a nosotros.

A pesar de que siempre había sido desprendido, callado y seco, tan varonil y atractivo como frío y solitario, el día que se marchó supe que su carácter era una máscara tras la que se escondía otra persona. Su verdadero problema era la incapacidad para mostrar sus sentimientos, el miedo a hacerlo. Él era un hombre de viento, como mi madre le llamaba. Aunque no lo supiera, aunque no quisiera reconocerlo, lo era. Siempre lo sería.

—La quería con toda mi alma —me dijo en el aeropuerto, el día que se marchó—. Debería habérselo dicho, es lo único que me pesa, que siempre llevaré sobre mi espalda. Se fue sin saberlo, sin saber que parte de lo que he conseguido es también su triunfo.

»Después de leer su diario me he dado cuenta de que no la conocía. Me duele haberme perdido tanto de ella —me dijo mientras mi padre pagaba las consumiciones que habíamos tomado minutos antes en uno de los bares del aeropuerto—. Era, como la llamaba Andreas, una mujer de agua. Como tú, Mena. ¡Cuídate!, hermana...

Tiempo después supe que él también era un desconocido para mí. En realidad, todos éramos extraños, anónimos, aunque hubiésemos crecido juntos, bajo el mismo techo, éramos unos completos desconocidos. La familia, a veces, es más ajena y distante que el vecino trashumante de la habitación de un hotel.

Me abrazó con fuerza, con una calidez impropia de él que me asustó. Presentí que tal vez no volviera a verle más. A saber de él. Al menos no como el Adrián que era para mí, que había sido. Sentí que mi hermano se iba, que se había ido en el momento en que leyó el diario de nuestra madre. Algo de lo que recogían sus páginas le había hecho cambiar. Quizá siempre había sido de aquella manera y yo no me había dado cuenta, pensé abrazándole con fuerza, apretándole contra mi pecho.

Las plañideras de mi alma lloraron su marcha.

3

En algunas ocasiones intuimos lo que va a suceder, pero lo negamos porque no nos gusta, nos lastima hacerlo y solemos empeñarnos en seguir un sendero equivocado. Aunque estemos seguros de que no es el indicado continuamos cegados por las absurdas normas, los prejuicios o la cómoda y malsana seguridad que creemos tener. Nos da pavor cambiar el rumbo de nuestros pasos porque la mayoría de las veces, ello, el cambio de ruta, supone romper con todo. Romper, qué palabra más dura, da igual en qué momento o en qué situación verbalizarla, convertirla en un hecho, siempre cuesta, siempre lacera. Pero en las heridas es donde suele instalarse la vida con más fuerza.

Mi madre decía que debíamos tener cuidado con la historia, porque se repite demasiadas veces. Que los hechos, dentro de una familia, son como los de una civilización, tienden a redundarse con los años. Como si el tiempo girara hasta un punto determinado y, al llegar a él, diese la vuelta para retornar con la misma cadencia, con los mismos sucesos y pautas. Decía que para vencer ese ritmo manido solo hay que luchar. Pelear hasta perder el aliento, incluso la propia vida. Pero... ¡es tan difícil hacerlo!

Aún no sé bien cuándo, en qué preciso momento, me enamoré de él. Creo que aquellos sentimientos desordenados que provocaba en mí su presencia habitaban ahí, en ese rincón del alma, desde siempre, aunque yo me negase a aceptarlos.

Aquel día, cuando Remedios me llamó para comunicarme que habían detenido a Antonio, el asesino de Sheela, la amiga de mi madre, y vi a Jorge bajar las escaleras supe que cuando él se lo propusiese, a pesar de mis prejuicios, yo no tendría nada que hacer.

—¡Mena! —exclamó Remedios, alterada a través del hilo telefónico—. Han detenido a Antonio. Ese malnacido lo ha vuelto a hacer. Y ella también era pelirroja, ¡será hijo de puta! Está saliendo en televisión. Pon el veinticuatro horas. Está en Francia, en un pueblecito de la campiña. Lo sabía, yo sabía que algo había sucedido, ¡te juro que lo sabía! Anoche soñé con Sheela. Me daba su paraguas rojo. Su gesto no podía significar otra cosa: necesito protección. Llevo toda la mañana dándole vueltas, asustada. No debimos pasar el diario de tu madre a la editorial. Me veré metida en un lío del que no sé si sabré salir indemne. Si lo publican tal y como ella lo escribió estaré metida en un buen embrollo...

La vida de Remedios seguía igual de apacible. Enamorada hasta las trancas de su marido, que continuaba con sus escarceos amorosos y que a ella cada día, aparentemente, le hacían menos daño.

—Terminará perdiendo el atractivo, se cansarán de él y él de ellas. ¡Es ley de vida! Sé que pronto le tendré siempre en casa, aunque más arrugadito y menos juguetón —decía bromeando, mientras estiraba el chocolate líquido, caliente y humeante, en la bandeja que iría al frigorífico para después convertirse en las maravillosas lenguas de gato que, desde que murió mi madre, hacía todos los viernes para mí—. ¡Le quiero tanto!, Mena. Sé que es una tontuna por mi parte, tu madre siempre me lo decía, pero, en el fondo, el intentar conquistarle todos los días me obliga a estar en plena forma —apostillaba, intentando quitarle hierro al tema, contoneándose como una adolescente.

Reíamos, ella con menos alegría que yo, con un regusto amargo que asomaba en sus ojos y que poco a poco se fue asentando en su rostro como una seña de identidad que le robaba, más rápido de lo habitual, la juventud. Porque la mirada, los ojos, son lo primero que envejece.

No tuvo más hijos y Jorge, Atilita, como le apodaba mi madre, se convirtió en su único vástago. Se transformó en el vivo retrato de su abuelo materno. Alto, de complexión fuerte y brazos de camionero. Amante de las barbacoas, del chorizo y la butifarra. Acérrimo al fútbol, los cubos de cerveza y los deportes de riesgo, pero ante todo feliz con lo que era, hacía y tenía; como su madre. Era la frustración de Eduardo, su padre, que siempre deseó que fuese un ejecutivo estirado y mujeriego con el que compartir andanzas. De nómina abultada e instintos bajos. Sin embargo, él, Jorge, decidió dejar de lado la facultad y ser el merecido sucesor de su abuelo materno haciéndose cargo de la cadena de tiendas de embutidos. Con los años nuestra diferencia de edad desapareció. Una mañana, poco tiempo después de que muriese mi madre, tocó el timbre de mi puerta. Su visita me pilló despeinada, en pijama y sin haberme lavado los dientes.

—Ya sabes cómo es mi madre —dijo, dándome una caja de cartón rosa—. Son magdalenas. Se ha empeñado en que te despierte para que las desayunes. La verdad es que te hacen falta, estás demasiado delgada —dijo, guiñándome un ojo, sonriendo de aquella manera que me desbarataba por dentro—. A ver si te animas y te apuntas algún día a una de mis barbacoas. No hay repostería, pero te garantizo que si vienes te harás asidua a ellas y cogerás peso.

Extendió la caja hacia mí. Yo, con aspecto de haber sido zarandeada, como si una tribu de salvajes me hubiese pasado por encima, restregándome los ojos e incómoda por mi aspecto de recién levantada, solo pude decirle un gracias entrecortado. Y aunque me moría de ganas por lanzarme a sus brazos, como si fuese la protagonista de una película romántica americana, me contuve. «Las películas tienen tan poco de realidad...», pensé, frunciendo el ceño, y volví a mirarle con cara de idiota recién levantada. Sus manos rozaron las mías al coger el paquete. Una sensación turbadora y agradable recorrió mi piel. «Demasiado turbadora y demasiado agradable», pensé.

Aquello no estaba bien, no lo estaba, me repetí al cerrar la puerta mientras seguía sus pasos tras la mirilla. Casi le había amamantado. Le había limpiado la tierra del jardín que se metía en la boca cuando apenas caminaba. Era, aunque ya no lo pareciese, siete años más joven que yo. Y no solo eso, era el hijo de Remedios, de mi Remedios, casi mi hermano, porque ella se había convertido en mi segunda madre. También en mi amiga, y aquello, lo de la amistad, eran palabras mayores. Desde aquel encuentro intenté evitarle, pero no lo conseguí. Aunque he de reconocer que no puse demasiado tesón en ello; no podía.

A pesar del nerviosismo de Remedios, de su angustia y de la preocupación que sentí al recibir la noticia de la captura de Antonio, del dolor, la rabia y la impotencia que me produjo lo sucedido, el asesinato que había cometido, mis pensamientos, aquel día, se habían quedado prendidos en la mirada, los labios y los enormes brazos de Jorge. Enganchados a sus pectorales y su sonrisa ancha y segura. No habíamos vuelto a coincidir desde el día de las magdalenas y pensé que estaría bien que me viese en condiciones normales: recién duchada.

El olor de las costillas braseadas al whisky salió por la puerta. Remedios llevaba el pelo recogido con un moño a la nuca. Calzaba unas manoletinas de lentejuelas azul mediterráneo. Bajo el mandil blanco y pegado al pecho, las mallas negras y ajustadas marcaban sus piernas delgadas y perfectas. Gracias a los retoques estéticos que fue haciéndose y el ejercicio que practicaba todos los días aparentaba menos años de los que, en realidad, tenía.

—Han dicho que lo extraditarán a España cuando sea juzgado por el asesinato que ha cometido allí —me comentó, temblorosa, en un tono de voz bajito, con sus labios pegados a mi oreja y señalando con su dedo la puerta del salón.

»Hay visita. Ven —dijo, tomándome de la mano y conduciéndome hacia la estancia principal.

»Es el nuevo vecino. Ha alquilado el chalet frente al vuestro. Fíjate lo que son las cosas. Le estaba diciendo que ahí tu madre vivió una maravillosa historia de amor con un músico. Con Andreas. ¿A que no adivinas a qué se dedica él? —Se hizo un silencio incómodo. Los dos me miraban.

Remedios siempre había sido vital, fresca como la vida, y tan imprevista, tan sorpresiva y sorprendente como ella. Algunas veces, como en aquella ocasión, embarazosa.

—¿Músico? —inquirí con cierta incomodidad, con una sonrisa a medias y forzada.

—Voy a encenderle la caldera, no consigue que arranque. ¿Nos acompañas? ¡Ay! Qué cabeza la mía, si no os he presentado como Dios manda...

Era domingo. Jorge bajó las escaleras de la planta superior equipado con el vestuario de escalada. Ancho, inmenso. Varonil. Comestible de los pies a la cabeza.

—Nos vemos al mediodía —dijo desde el pasillo, mirando hacia el salón—. Reme, si ves que me retraso, guárdame las costillas —dijo, dirigiéndose a su madre. Jamás la llamó mamá y a ella le encantaba que no lo hiciera—. Besos, mujer de agua —concluyó, mirándome de soslayo. Levantó su mano a modo de despedida y se marchó.

Remedios tuvo que darme un pequeño empujón para que saliese de mi ensimismamiento y les acompañase. A pesar de salir tras ellos, mi mirada siguió el rastro de la moto de Jorge. Y desordenada por dentro, con los sentimientos desbaratados, aguanté la charla que Remedios, sin el más mínimo recato, le dio a Elías indicándole que aquella urbanización no era la más adecuada para un músico, para un intelectual de coleta larga y ropa de segunda mano.

—Aquí está todo a reventar de clasistas tontos y estúpidos. Deberías haber alquilado un ático en el pueblo, además te habría salido más barato...

4

Mi padre no dio muestras de dolor ni de arraigo cuando Adrián se marchó a residir a Londres. Las palabras que le dijo al despedirse en el aeropuerto fueron más propias de una relación laboral en la que, sin que puedas evitarlo, se te va el mejor empleado de la plantilla que el adiós a un hijo: «Ya sabes que te deseo lo mejor. Yo haría lo mismo que tú...; si pudiera, si tuviese tu edad», y le abrazó, como se abrazan los hombres, con fuerza, palmeando su espalda. Con dos golpes sonoros, pero secos y diplomáticos. Justos y medidos. No derramó una mísera lágrima, ni hizo un solo gesto de cariño que expresase pesar por su marcha, que mi hermano pudiera interpretar como una manifestación de ternura. Sé que Adrián lo echó en falta, que lo necesitaba.

Sentados en una de las cafeterías, mientras esperábamos a que llegase la hora de embarcar, mi padre hablaba sin parar, como si el tiempo fuera a encoger de repente dejándolo a medias en la conversación. Le dio las directrices que debía seguir en la empresa para ir ascendiendo poco a poco y le recordó los nombres de sus contactos en la capital anglosajona. Parecía que para él, Adrián, era un *scout* de su empresa. Faltó que le dijese: «y si todo funciona bien hablaremos de un aumento de sueldo a tu regreso». Adrián escuchaba, haciendo garabatos en su libreta. En ella también anotó, sin ganas, alguno de los teléfonos y apellidos que mi padre le revelaba al vuelo y de memoria porque se había dejado el teléfono y la tablet en el coche. Mi hermano le miraba fijamente, con una expresión inquisitoria, curiosa y de incredulidad. Esperaba otras palabras, otras pautas; tal vez el cobijo que nunca tuvo por su parte, pero no lo halló.

Ya en la terminal se giró, levantó su mano y nos dijo adiós, pero solo le miró a él. Buscó en sus ojos esa necesidad vital, milenaria y genética que tenemos los hijos de saber que los padres nos quieren, que somos parte de ellos; de escucharles manifestarlo verbal y físicamente. Pero mi padre era como una estatua de sal contemplando cómo se iba su hijo. Mi madre decía que a veces su marido parecía tener las venas de plástico y la sangre tan espesa como el petróleo. Sin embargo, en aquella ocasión, el ritmo de su corazón se aceleró. Lo supe porque el pulso comenzó a temblarle. Para ocultar aquel nerviosismo incómodo y chivato metió sus manos en los bolsillos de la cazadora. Tosió. Se dio la vuelta sorteando así mi repaso reprobatorio a su actitud desprendida y esquivó la última mirada de mi hermano antes de colocarse en la fila para embarcar.

Creí que la marcha de Adrián le haría salir del escondrijo sentimental en el que llevaba oculto desde que mi madre murió. Pero no fue así. Se encerró aún más en sí mismo. La partida de Adrián fue, en parte, también la de él. Fue como si el traslado de mi hermano hubiese puesto en funcionamiento un resorte invisible y este le hubiera abierto una puerta, un camino diferente, un nuevo horizonte por el que comenzó a transitar en ese mismo momento. Y yo no estaba en él. Quizás hacía tiempo que yo no lo habitaba, pero hasta aquel día no había sido consciente de ello, no lo había percibido con tanta fuerza y claridad.

Qué complicada es la vida, qué de recovecos tiene el camino. Qué insondables son los pensamientos de los que amamos, de los que nos aman o creemos que lo hacen. Como decía mi madre: «¡es tan hermoso sentir!». Lo es, pero muchas veces es doloroso hacerlo, aunque al tiempo ese mismo dolor te dé la vida.

Cuando mi madre se marchó a Egipto comencé a conducir su coche por el centro del pueblo. Poco a poco fui haciéndome con él y lo utilicé para salir de copas, de cenas y a la facultad. Cuando murió seguí conduciéndolo. No toqué ni retiré nada de lo que había dentro. Ni sus discos, ni la manta roja de terciopelo que llevaba en el maletero y que le había confeccionado Remedios con las cortinas del herbolario de Sheela, tampoco los dibujos a lápiz que Andreas, su amante, había hecho de ella desnuda. Los descubrí después de su muerte, limpiando el maletero en una estación de servicio cercana a casa, bajo la moqueta, en una carpeta de cartón junto a la letra de la canción que Andreas le había escrito: *That woman*. Mientras los contemplaba, escuchaba la canción, su canción. Acerqué los folios a mi cara y rompí a llorar. Estuve llorando desconsoladamente durante varios minutos bajo la mirada de algunos usuarios de la estación de servicio que me observaban con curiosidad o pena, pero sin atreverse a preguntar. Solo uno se acercó y dijo:

—Preciosa canción —exclamó, señalando el CD del vehículo—. Triste, pero muy bonita. ¿Necesitas algo?

—Monedas —respondí, secándome las lágrimas con el reverso de las manos, primero con la izquierda y luego con la derecha—. Me he quedado sin cambio y no puedo seguir pasando el aspirador —le respondí con un gesto irónico, pensando: «¡Este qué se cree!»

—Compuse esa canción hace años, para una mujer de agua, se llamaba Jimena. He vuelto para encontrarme de nuevo con ella y veo que su hija es igual de llorona que lo era ella. Porque tú eres la hija de Jimena, ¿verdad? Te pareces demasiado a ella cuando yo la conocí...

Quise llevar yo a mi hermano al aeropuerto, era como si mi madre me acompañase, nos acompañase a los dos, como si nos protegiese bajo la sombra de su paraguas rojo. Llevaba el paraguas rojo —que le regaló Omar en Egipto— en el coche desde que Raquel, antes del sepelio, me lo entregase. Siempre que me sentaba y tomaba el volante me parecía sentir la caricia de sus manos sobre las mías. Recogimos el coche del parking del aeropuerto y volvimos a casa sumergidos en nuestros pensamientos. De ser cuatro habíamos pasado a ser dos; solo dos. Transitamos por la autopista y tomamos la comarcal. Con el sonido del teléfono móvil de mi padre recibiendo WhatsApps a cada minuto. Imparables, constantes y odiosos mensajes que él no respondía, porque sabía que yo le reprocharía una vez más su obsesión con el trabajo. No lo cogía pero no le quitaba la vista al maldito aparato colocado en la guantera. El teléfono comenzó a sonar con insistencia, tanta que, aturdida e incómoda, detuve el coche en el arcén.

—Cógelo, no puedo conducir así, con ese bicho berreando cada segundo —le dije molesta.

No respondió a mis palabras. Se apeó del vehículo, descolgó el teléfono y comenzó a andar despacio de arriba abajo y de abajo arriba por el arcén. Conversaba bajito, en un susurro. Al entrar en el coche me dijo:

—Lo siento, Mena, debo marcharme. ¿No te importa cenar sola?, ha surgido un problema y tenemos una reunión urgente...

Yo no le miraba, mis ojos estaban fijos en la carretera, en el horizonte que había recorrido tantas veces con mi madre camino de casa, riendo con sus ocurrencias, con sus sueños. Sueños que me parecían una locura, que no entendía porque egoístamente la quería solo para nosotros, dedicada en cuerpo y alma. Solía llevar la música a todo volumen en el coche y cantaba, se sabía todas las letras de todas las canciones. Nos reíamos de nuestro mal oído, de cómo desentonábamos. El día que no conectaba el CD sabía que me esperaba una charla. ¡Era tan maravillosamente previsible!

—Va a dar igual lo que te diga. Siempre harás lo que quieras, como lo he hecho yo... —solía repetir.

—Mena, te estoy hablando —gritó mi padre al ver que arrancaba el coche y continuaba la marcha sin responderle.

—Puedes irte, no me importa. Desde que murió mamá estoy acostumbrada a cenar sola —dije en un tono seco, desprendido y recriminatorio—. Le diré a Remedios que ceno con ella, creo que también está sola, como yo. Ha ocupado el lugar de mamá. Ella el suyo para mí y yo el de mamá para ella —concluí en tono de reproche.

El reproductor de música se había conectado al arrancar el motor del coche y la canción que Andreas había compuesto para mi madre comenzó a sonar. Mi padre le dio un manotazo al interruptor y el aparato escupió el disco. Lo sacó, bajó la ventanilla y lo lanzó con rabia fuera del vehículo.

—¿Por qué haces eso? —le grité, alzando el tono de voz todo lo que pude—. ¡Cómo te atreves!

Frené en seco, lo que provocó que el coche que venía

detrás del nuestro me abroncara al pasar y tocara el claxon con furia desmedida.

Me bajé del coche dando un portazo y desesperada caminé unos metros hasta encontrar el disco sobre la arena, fuera de la cuneta. Cuando subí al automóvil él estaba llorando. En sus manos tenía unas llaves. El llavero era una borla de lana roja, grande, redonda y rechoncha como un erizo encogido sobre sí mismo. Olía a incienso, a madera y betún de Judea.

—Son las llaves del herbolario de Sheela. Compré el local cuando tu madre aún estaba en Egipto, cuando no sabía que iba a dejarme por Omar. Quería regalárselo cuando volviese a casa. Pensé que le haría feliz ser la propietaria. Desde que asesinaron a Sheela quiso hacerse con él.

»Quería a tu madre, aunque no lo creas la quería con toda mi alma, aún la quiero. ¡Toma!, coge las llaves, ahora el herbolario es tuyo...

5

Estoy segura de que mi madre, de haber tenido la oportunidad de volver a verle, se habría vuelto a enamorar de él.

Había envejecido, como lo habría hecho ella si el destino le hubiera dado la oportunidad de sobrevivir a aquel trágico y maldito accidente. Los años habían pasado por él, pero no como lo hacen sobre otras personas a las que el paso del tiempo parece darles dentelladas, arrancarles el alma y las ganas. Andreas conservaba ese encanto, ese duende que habita en los ojos, en la mirada o las arrugas de la gente que se come la vida, que mastica cada instante de ella, con ganas; no al contrario. Él no se había dejado estar. Avanzaba con el tiempo y cabalgaba sobre él sin miedo, como si acabase de abrir los ojos al mundo por primera vez.

Vestía una camisa blanca de lino, arrugada. Con los delanteros sueltos tapando la cintura de sus pantalones vaqueros, desgastados y medio rotos en la zona de las rodillas. Unas botas John Smith blancas, que me parecieron preciosas a pesar de que estaban muy usadas, quizá demasiado. Llevaba el pelo semilargo, recogido en una coleta. Y olía a vida.

—No tengo cambio para el aspirador y créeme que lo

siento —me dijo, sonriendo—. Soy Andreas. —Y me tendió la mano.

»Esa canción, la que está sonando en tu coche, la escribí para tu madre. Soy el compositor y el intérprete. Imagino que ella te habrá hablado de mí.

Yo no podía articular palabra. Le miraba en silencio, de arriba abajo, sentada en el maletero del coche, con las láminas de sus dibujos entre mis manos. Pensando en mi madre, en lo que hubiese pasado si en lugar de ser yo hubiera sido ella la que estuviera allí. Si ella hubiese tenido la oportunidad de volver a verle y darle aquel beso del que hablaba en su diario.

—Te fuiste sin despedirte. Desapareciste de su vida sin previo aviso, sin decirle adiós. Y le hiciste daño, mucho daño. ¡Todos los tíos sois iguales! —exclamé rabiosa, indignada por su forma de presentarse, como si hubieran pasado solo unos días desde su marcha—, y ahora, después de tanto tiempo, apareces como si nada hubiese sucedido, como si todo fuese igual. ¡Pues no! Ya nada es lo mismo. —Las láminas se deslizaron y cayeron al suelo.

—¿Dónde está Jimena? —preguntó al tiempo que se agachaba y recogía los folios. Sus dibujos, los que él le había hecho a mi madre cuando mantuvieron aquella maravillosa relación que a ella le devolvió la vida.

—Murió. En un accidente aéreo.

No se incorporó. Sus piernas se doblaron y cayó de rodillas. Con la cabeza gacha miraba las láminas que sujetaba con sus manos. Estas se movieron ligeramente por el viento suave que comenzó a soplar. El empuje del aire sobre el papel provocó un ruido, una especie de crujido semejante a una queja. Pareció que los folios lloraban al sentir las manos de Andreas sobre ellos, que se estremecían como si tuviesen vida propia.

La música dejó de sonar. Entonces, el resto de usuarios de la estación de servicio dejaron de mirarme a mí para fijar sus ojos en Andreas que permanecía con los folios en las manos. Lloraba como un niño, escondiendo su cara entre los brazos. Algunas de sus lágrimas caían sobre el papel, fundiéndose con los trazos del lapicero, desdibujando e hinchando su contorno.

—Papi, ¿vienes? —preguntó una vocecita de niña desde la ventana de un coche que permanecía repostando gasolina. Miraba a Andreas—, el señor ya ha terminado de poner la gasolina. ¿Nos vamos a ver a tu amiga Jimena? ¡Tengo hambre!...

Mi padre le odiaba. Supo de la aventura que mi madre tuvo con él. Lo supo pero guardó silencio porque se sentía responsable de ello, de haberla dejado abandonada, sola, perdida en aquella casa sin objetivos, sin horizonte. Encerrada en una jaula de oro, pero jaula a fin de cuentas. Él la convirtió en el descanso del guerrero, en ese odiado y mísero descanso. La sumergió en esa pausa infinita en la que se ahogan las mujeres de agua. Allí, en aquel descansillo, sobre el felpudo que daba la bienvenida, esperó a su hombre día tras día. Deseó con toda su alma que su príncipe azul, desteñido y descuidado en afecto, en uno de sus regresos al hogar se percatase de que ella existía. Pero él no lo hizo hasta que ella se marchó, hasta que dejó de compartir vida con él.

Mi padre, cuando mi madre se marchó a Egipto, enrabietado, impotente y dolido limpió la casa de cualquier recuerdo que le evocase a Andreas y la relación que había mantenido con su mujer. Solo se salvaron las láminas escondidas en el maletero del coche, las que encontré yo el mismo día que Andreas reapareció en la estación de servicio.

—¡Ese *hippie* de mierda!, si algún día lo encuentro, si

me encuentro con él, le arrancaré el alma. Él tiene la culpa de que tu madre se haya marchado a Egipto, solo él.

—Sabes que eso no es cierto —me atreví a responderle en aquel momento, cuando mi madre aún no había tomado la decisión de divorciarse, cuando todos esperábamos que volviese a casa.

Mi hermano, aquel día, bajaba las escaleras de la segunda planta y se paró en seco al escucharme. Hizo un gesto de desaprobación y me alertó con su mano para que callase, indicándome que aquello no era mi guerra. Se equivocaba, sí lo era, siempre lo había sido. La mía y la de él porque ella era nuestra madre y había sufrido, mucho. Pero no nos habíamos dado cuenta, o no quisimos hacerlo. Era más cómodo hacer la vista gorda. Pasar de lado. No implicarnos.

—Ahora va a resultar que estás de acuerdo con su marcha, que apruebas el que se haya ido y nos haya dejado tirados como si fuésemos ropa vieja —respondió, abriendo el cubo de la basura y tirando el disco de Andreas en su interior—. Ha tenido todo lo que quería, jamás le ha faltado nada —gritó, mirándome fijamente—, ¿o sí?

—Pues yo creo que sí, papá. Le has faltado tú.

No me contestó. Cerró el cubo y salió de la casa dando un portazo. Mi hermano, que seguía parado en la escalera, mudo y visiblemente incómodo ante la escena, dijo:

—Te lo advertí. ¿No ves que está destrozado, que no es él? No sé de qué te sirve echarle nada en cara. Abroncarle de esa manera. Tú no eres quien debe hacerlo. ¡Joder, Mena! No cambiarás nunca. Mamá volverá pronto y todo será lo mismo. No merece la pena andar con movidas. Bastante tenemos ya con que ella no esté para cuestionarle a papá lo que ha hecho o ha dejado de hacer.

Pero ella no volvió jamás.

No le respondí. Abrí el cubo de la basura y recogí el

disco de Andreas. Desde aquel día lo llevaba en el coche, el único sitio donde podía ponerlo sin que mi padre supiera que lo tenía. Así fue hasta el día que mi hermano se fue a Londres y le llevamos al aeropuerto, cuando lo tiró y yo salí a recogerlo de la cuneta.

Me agaché junto a Andreas y le indiqué que se levantara del suelo. Le quité los dibujos de las manos. Él, aún aturdido por la noticia, me dejó hacer.

—Creo que tu hija te está llamando —dije, señalando su coche.

Era un mini rojo. Un modelo antiguo. Precioso. Tenía las puertas con la pintura levantada de una forma extraña, como si estuviera cambiando la piel. Como si el sol le hubiera quemado y estuviera pelándose.

—Por favor, no te vayas. Espéranos. Necesito hablar contigo —me dijo, agarrándome por los hombros. Mirándome fijamente, con el brillo del llanto aún en sus ojos.

—OK —le respondí—. Ve a por tu niña.

Cogí el teléfono móvil y llamé a Remedios.

—Si te digo con quién estoy no lo vas a creer —le dije, mirando cómo Andreas se dirigía hacia su coche.

—No me digas que has conocido a Juan Mari Arzak —se me escapó una sonrisa al oírle lo de Juan Mari. Ella y su encantadora pasión por la cocina, pensé—, por Dios, Mena, qué alegría me darías. Estoy haciendo un plato de su recetario ahora mismo. No es exactamente igual, ya sabes que hay algunos ingredientes que son casi imposibles de conseguir. Una lástima, pero se le parece muchísimo. Te va a encantar, reina.

—Estoy con tu amigo Andreas y su hija. El amigo de mamá; el músico —le dije.

Hubo un silencio, un pequeño y diminuto pero insondable silencio. Creo que Remedios se perdió por unos instantes en los recuerdos, que revivió todos y cada uno de aquellos días maravillosos que pasó junto a él y a mi madre. Estoy segura de que le dolía hacerlo y por eso no respondió. Necesitó ese instante de mutismo para asimilarlo.

—Andreas, ¿nuestro Andreas? ¡No puede ser! —exclamó hipando.

—No lo vas a creer pero unos minutos antes he encontrado los dibujos que él hizo de mi madre. Los lapiceros de los que tú me hablabas. Sus desnudos. Estaban escondidos en el maletero del coche debajo del tapizado —dije sollozando, sin poder controlarme—. Anoche mi padre tiró el disco de mamá por la ventana del coche y hoy Andreas aparece aquí. ¡Es increíble!

Andreas había aparcado el coche fuera de la gasolinera y me esperaba. Su hija, entusiasmada, decía adiós a todos los vehículos que salían de la estación de servicio.

—Cariño —exclamó Remedios preocupada por mi llanto—, debes tranquilizarte, ¡por favor! Dime, ¿crees que querrá venir a casa? Me gustaría tanto verle, hablar con él...

6

Cuando era niña mi madre solía hablarme de hadas y duendes. Me leía historias llenas de personajes mágicos repletos de buenas intenciones. Relatos con finales felices que dotaron mi infancia de un cariz lleno de luz y sueños, de ilusión. Todo podía ser posible, todo podía conseguirse; solo había que desearlo con fuerza y chasquear los dedos, pero ante todo anhelarlo y hacer todo lo posible para que sucediese, decía. A medida que fui creciendo mis lecturas crecieron y cambiaron conmigo; también el contenido de sus charlas. Estas se convirtieron en más realistas. Ella intentaba prepararme para caminar por la vida. Decía que la palabra es más poderosa que las bombas y que las armas se habían inventado para matarla, para asesinar a los que la utilizaban para combatir las injusticias, para defender sus derechos. Había que leer, leer y aprender porque, señalaba, un pueblo sin cultura es un pueblo muerto; sin voz. Tenía razón.

Adrián dejó en casa prácticamente todo, solo se llevó la ropa, la justa; la necesaria para trabajar en el bufet londinense. Su habitación estaba repleta de libros, las cuatro paredes eran estanterías que cubrían toda su superficie hasta el techo. En una de ellas había un hueco para la cama. En el tabique que albergaba la ventana estaba la mesa de trabajo y sobre la veneciana de madera más estantes. Tenía todos los libros distribuidos por géneros y temas. Una de las paredes la ocupaban los libros de leyes, de los que solo se llevó el Código Civil. Tenía un cariño especial a aquel tocho lleno de leyes, relleno de palabras incomprensibles para la gente ajena a su profesión y que, curiosamente, eran quienes tendrían que utilizarlas; servirse de ellas en algún momento de su vida. Sentía y manifestaba un apego por aquel libro que yo no podía entender y que, en cierto modo, me espantaba.

—¿Algún día te veré sin ese ladrillo bajo el brazo? —le inquiría—. Parece tu apéndice.

—Qué cansina eres, Mena. Es mi herramienta de trabajo, la base de él. Como el vademécum para un médico...

El Código Civil, como el resto de libros de leyes que tenía en los estantes, estaba repleto de algunas de las palabras de las que hablaba mi madre. Estas podían darte o quitarte derechos. Arrancarte la libertad e incluso la vida. Cambiar tu presente y destruir tu futuro, todo dependía de cómo y quién las utilizase. Aquellos artículos, sus palabras, eran balas, balines, granadas de mano y bombas de relojería que podían estallarte en las narices. Algunas las esgrimían francotiradores sin escrúpulos que disparaban sin piedad a la víctima y dejaban en libertad al delincuente. Aquello, su poder y la maldad que siempre va adosada a la soberanía, era lo que me asustaba. Me provocaba cierto pánico porque mi hermano estaba adiestrándose en su manejo y yo confiaba, deseaba con todas mis fuerzas, que si alguna vez combatía en los juzgados, estuviese en el bando de los buenos.

Con las llaves del herbolario de Sheela en mi mano, El herbolario de las brujas de Eastwick, como lo llamaban todos en el pueblo, aún impactada por el llanto de mi padre, abrí la puerta de casa y le dije adiós desde el umbral. Él levantó su mano y se marchó. Llevaba el coche que solo utilizaba para las reuniones. No me dijo si pensaba volver, si aquella sería una de sus tertulias imprevistas cuya duración podía ser de una noche, un día o una semana. Su coche circuló por la calle y giró desapareciendo de mi vista. Comenzaba a llover, con fuerza. El agua caía recta, sin una gota de viento que desviase la trayectoria de los goterones. Olía a tierra mojada, a madera de pino, tomillo y jara. Inspiré con fuerza. Me gustaba el olor que producía la tierra mojada en la sierra. Un relámpago iluminó la carretera, los tejados y las casas. Entonces vi la figura de una mujer que caminaba por la acera. Se paró, sacó un paraguas rojo de su bolso y lo abrió. Se dio la vuelta y me miró sonriente. Parpadeé confusa y el corazón se me encogió porque su cara me pareció el rostro de mi madre.

—¡Ey! Vengo a buscarte. Me ha dicho Reme que cenas con nosotros —dijo Jorge que ya estaba casi encima de mí.

Yo permanecía estática, con los ojos clavados en él y en el paraguas rojo que llevaba.

—¡Mena!, ¿te encuentras bien? —inquirió ya a mi lado, tocándome el hombro con la mano que tenía libre.

—Es... es ese paraguas —fue lo único que conseguí articular.

—¡Ah! Ya le dije a Reme que prefería mojarme a llevarlo. Es el suyo. Para mí es de un tamaño ridículo. Solo me tapa la cabeza y media espalda, es lo que tiene ser tan grande. —Sonrió, encogiéndose de hombros—. Pero..., bueno, ya sabes cómo es Reme.

»No te rías, que te conozco —dijo, guiñándome un ojo.

—Tengo que recoger unas cosas antes —dije, retomando el aliento—. Dile que iré en unos minutos.

Hizo un gesto de extrañeza ante mi falta de alegría, ante la falta de complicidad a su comentario.

—Te espero aquí —plegó el paraguas, que yo no dejaba de mirar, y se sentó en el banco de madera del porche.

—Gracias, Jorge —respondí—. Tardaré unos minutos...

Atravesé el umbral con sensación de vacío e intranquilidad interior, con la imagen de mi madre caminando bajo la lluvia, mirándome sonriente. Desorientada subí las escaleras en soledad, en la más completa y absoluta soledad.

Me había quedado sola en aquella casa inmensa, repleta de recuerdos que me asaltaban en cada esquina, a cada paso. Sin darme cuenta estaba en la habitación de Adrián, mi hermano. Sentada sobre su cama, hecha un manojo de nervios y llorando. Necesitaba hacerlo, abrazarme a su recuerdo y llorar. Llorar como debí hacerlo cuando me dijo que se iba, o cuando estábamos en el aeropuerto. Cuando me abrazó con aquella calidez a la que, por su parte, no estaba habituada. Pero fui incapaz de mostrarle mis sentimientos, de castigar su escapada, de hacer que cargase con una mínima sensación de culpa por dejarme, por dejarnos. No se lo merecía. Contemplé, con la mirada borrosa por las lágrimas, su biblioteca. El orden milimétrico que siempre seguía, el cuidado exquisito de sus recuerdos, de su ropa..., me levanté de la cama y deslicé mi mano sobre los lomos de sus libros. Miré el hueco que había dejado la ausencia del Código Civil, que me pareció la suya propia. Sonreí como una tonta pensando en las veces que le había recriminado su obsesión por aquel manual. Entonces vi que del libro de al lado sobresalía la esquina blanca de un sobre. Tiré del papel y la carta se deslizó hacia fuera. El remite era de Chester Square, una de las calles más ricas de Londres, situada en el barrio de Notting Hill.

Sabía que no debía abrirlo, pero lo hice.

7

Jorge tocó el timbre de la puerta. Hacía unos cinco minutos que yo permanecía dentro de la casa sin dar señales de vida. Un rayo cayó dejando la urbanización sin luz en las casas ni alumbrado en las calles. Hubo un relámpago seguido de un fortísimo trueno. El destello iluminó la habitación e hizo que me sobresaltase. Me limpié las lágrimas, las sequé con los antebrazos. Ayudada de la linterna de mi teléfono móvil me dirigí al baño a lavarme los ojos con agua fría, intentando despabilarme y que disminuyese la hinchazón de mis párpados. Bajé las escaleras, escuchando el sonido de los puños de Jorge sobre la puerta de la entrada y su voz preguntando si estaba bien.

Jorge permanecía con la cabeza apoyada en la puerta y su oreja derecha pegada a la madera. Casi se cae hacia dentro cuando abrí. Lo hubiera hecho si no fuese porque yo estaba enfrente de él y se venció sobre mí. El teléfono fijo no dejaba de sonar una y otra vez, hasta que el contestador automático saltó recogiendo el mensaje repetitivo e inquisitorio, en un tono de alerta, de preocupación: «Mena, ¿estáis bien?, contesta, por favor. ¿Estáis bien? Estoy preocupada, con la que está cayendo y el miedo que me dan las tormentas. Llamadme, por favor.»

—Con lo grande que eres creo que te asustas demasiado rápido —le dije, poniendo mis manos sobre su pecho y sujetándole—. Dos metros son muchos centímetros. Siempre he creído que los hombres grandes eran más duros, más fuertes. Ya sabes, burro grande ande o no ande. Ahora entiendo por qué mi madre te llamaba Atilita en vez de Atila —le dije en tono de broma, haciendo un esfuerzo por disimular mi estado decadente, y le dediqué una sonrisa forzada.

Él me esquivó, dejándome con la palabra en la boca. Me rodeó como si fuese un adorno o un mueble que le impidiera el paso. Se dirigió adentro de la casa sin responderme. Fue directo al cuadro de luces y subió el diferencial que había saltado. Cuando la luz iluminó el recibidor se acercó a mí, cogió mi barbilla con su mano y levantó mi cabeza. Sus ojos me recorrieron. Su mirada entró en la mía y buceó dentro de ella. Creo que, al hacerlo, se llevó algún que otro sentimiento que yo aún no había escondido, que permanecía a flor de piel. Miró mis labios y con dos de sus dedos secó una lágrima despistada, anárquica y delatora que se columpiaba en ellos. Salada e indiscreta, tal vez enamorada de aquel instante mágico, tan encandilada con él que no quiso perdérselo.

Aquella fue la primera vez que sentí el deseo de que me besase, de perderme entre sus brazos. Incluso pensé que él lo haría, que me besaría, pero no lo hizo.

—Es tu madre. Lleva llamando un buen rato —dije, señalando el teléfono fijo de la cocina que no paraba de sonar.

Con ello intenté librarme de su mirada que, aunque me gustaba, también me producía cierta sensación de inseguridad y miedo. ¿O miedo e inseguridad?

Sin dejar de observarme sacó su móvil del bolsillo del vaquero y marcó el teléfono de su madre.

—Estamos bien. No hemos escuchado el teléfono. Ya, ya lo sé... lo sé, Reme, pero ha sido por la tormenta. ¡Calla!, escucha, ¡por favor! Mena no está bien... No, no le sucede nada malo, solo está indispuesta por la marcha de Adrián. Prepáranos la cena y me acerco en un momento a por ella. La tomaremos aquí, en su casa. Que sí, ya te he dicho que está bien, pero que le apetece cenar en su casa. No pienso dejarla sola. —La voz de Remedios se escuchaba a través del auricular. Su tono era de preocupación—. En un momento voy a por ello. Sí, puedes llamarla, pero dale unos minutos. No seas pesada...

—Cómo tienes tanta cara —le dije cuando colgó—. No está bien lo que has hecho. Cómo te atreves a decidir y pensar por mí. ¡Sabrás tú lo que me pasa! —exclamé airada—, si quiero ir a casa de tu madre o prefiero quedarme en la mía; sola, ¡por supuesto! No sé de dónde sacaste que quiero cenar contigo aquí.

No dijo nada. Me levantó en brazos y me llevó hasta la cocina. Me dejó sobre la encimera sentada como una tonta y con cara de serlo. Apoyó sus brazos sobre el mármol de esta y, rodeándome con ellos, dijo:

—Ahora, mujer de agua, vas a contarme qué es lo que te pasa. Y lo vas a hacer porque me importas; bastante. Desde el día que te acerqué las magdalenas no he dejado de pensar en ti. No dejaré que te guardes esas lágrimas tan bonitas para ti sola. Podemos hacer con ellas un daiquiri muy especial —sonrió—. Te guste o no, es lo que hay, princesa...

8

Dicen que las desgracias nunca vienen solas. Los cambios de ruta, los imprevistos, tampoco lo hacen. Es complicado, casi imposible, prever lo que va a suceder cuando los acontecimientos se alían, cuando el caprichoso y descarado destino se decide a hacer de las suyas.

Mis tíos, después de las exequias, regresaron a Australia como habían venido, como si jamás hubieran estado en el funeral. Fue una visita de cortesía, de compromiso, de: no nos queda otra. Es curioso lo que hace la distancia, el desarraigo que produce incluso dentro de familias en las que sus miembros han pasado media vida juntos y han sufrido, reído y luchado por lo mismo y al mismo tiempo. No me sorprendió su actitud, incluso la consideré, en cierto modo, coherente. Les agradecí que viniesen, pero habría entendido, e incluso me hubiera resultado más apropiado y lógico, menos comprometido para mí y mi dolor, que no se hubieran molestado en asistir al sepelio. Habría sentido alivio. Sí, hubiera sido un bálsamo para mí no tener que comportarme. No forzarme a disimular. Cohibir mis ganas de decirles muchas cosas por respeto a mi madre. Es duro pensar que se aprovecharon de las circunstancias, pero fue lo que pensé cuando les vi llegar.

Mientras me abrazaban, o lloraban desconsolados, yo no podía evitar recordar los feos y el dolor que le habían producido a mi madre y a nosotros en muchas ocasiones. Las veces, demasiadas veces, que ella, mi madre, guardó silencio, se contuvo y lloró embargada por la rabia y la impotencia. Jamás se alzó, aguantó las humillaciones y las mentiras por no disgustar a mi abuela, porque eran sus hermanos y ellas sus cuñadas. Desde hacía años apenas manteníamos correspondencia. Solo la clásica, comprometida y absurda felicitación de Navidad saturada de buenos deseos, sonrisas y un cariño ficticio, pero políticamente correcto. Es sarcástico, bajo, demasiado hiriente reunirse como si se amara profundamente cuando alguien fallece o congregarse para cenar en las convencionales e impuestas fiestas navideñas, cuando todos saben que aquello es una gran mentira. Grande, sucia y maloliente. A veces un insulto. Eso sucedió durante las exequias de mi madre. Parecíamos una familia, aparentaron serlo. Y se les daba bien. No entiendo, jamás entenderé, al ser humano. Todo a título póstumo, hasta los lamentos por las malas acciones cometidas, por lo que hubiera podido ser y no fue. Después todo vuelve a sus cauces y el agua del río sigue siendo igual o más turbia.

Para mí solo Carlota y Juanillo eran mis tíos. Los otros dos eran unos completos extraños que se dedicaron a amargar a mi madre en vida. Ella, Carlota, fue quien se encargó de buscarles alojamiento. También de entregarles la copia del testamento de mi abuela materna, en la que le dejaba la finca, las reses y la casa a Juanillo. Les explicó que él había renunciado a la herencia en favor de todos, pero con la única condición de que no se vendiese y fuera utilizada en usufructo por Carlota. Aquello, meses más tarde, supuso una discusión que terminó con la relación más o menos cordial que mantenían. Carlota ni se despeinó. Ella era de otra pasta, diferente al resto. Compartía con ellos rasgos físicos, tan iguales que parecían gemelos idénticos, aunque fuesen tres, pero su carácter, su forma y manera de ver la vida y comportarse con los suyos, no tenía nada que ver con la de ellos. Ella y Juanillo eran como mi madre, auténticos.

Carlota organizó todos los trámites burocráticos acompañada de un llanto continuo y semisilencioso, de una palidez enfermiza que hacía resaltar aún más el negro enlutado de su vestimenta. Acomodó a Raquel, la amiga de mi madre, en nuestra casa, destrozada por el viaje desde Egipto, y le dio las gracias por todo lo que había hecho por mi madre durante la permanencia en el país de las pirámides.

—Carlota, no sabes lo mucho que te quería Jimena —le dijo Raquel el día antes de su regreso a Egipto—. Envidiaba tu forma de vivir, de afrontar la vida. En el fondo le hubiera gustado ser como tú, tener las cosas tan claras. Ser feliz con su vida, como lo eres tú.

—Raquel, ella fue muy feliz —le respondió Carlota llorosa—. Mi hermana hizo siempre lo que quiso hacer, como yo. Es cierto que anteponía las necesidades de los otros a las suyas, pero lo hacía porque nos quería a todos con locura —concluyó sonriendo, intentando arropar nuestra pena con sus palabras. Acariciando mi espalda con su mano.

»Me gustaría ver el herbolario de Sheela antes de marcharme. ¿Es posible? —inquirió, mirándonos a las dos—. Es tanto lo que me habló Jimena de esa tienda. De ti, Remedios —dijo, mirándola con los ojos brillantes—, de Sheela, de todas las mujeres y de algunos hombres que pasaban por el local a que les echasen las cartas. Sus mujeres de agua y sus hombres de viento. Así les llamaba —concluyó sonriendo con pena, con una pena ahogada que ensombreció su sonrisa.

—Te acercaremos, pero solo podrás verlo por fuera. Lleva cerrado desde que Sheela murió, desde que la asesinaron. Se puso en venta unos meses después de su muerte y se vendió al poco tiempo de que Jimena se fuese a Egipto. Ella lo quería. Imagino que Remedios te habrá dicho que se habían planteado comprarlo a medias. —Remedios, emocionada por las palabras que terminaba de pronunciar Raquel, no habló, negó con un gesto de su cabeza al tiempo que se secaba las lágrimas con un pañuelo de papel—. Sus planes quedaron en el aire cuando se fue a Egipto. ¡Es una pena! Está cerrado a cal y canto, con todas las pertenencias de Sheela dentro, tal y como quedó el día que la asesinaron...

Antes de dejarla en el aeropuerto de regreso a El Cairo hicimos una parada en el herbolario. Cuando estuvimos junto a la puerta Raquel metió su mano derecha entre la reja y la deslizó con fuerza por el cristal de superficie casi opaca a consecuencia de la suciedad acumulada. Frotó intentando, sin conseguirlo, quitar la porquería que se había fijado al vidrio. Una capa marrón oscura y reseca que impedía ver algo del interior. Remedios extrajo de su bolso una toallita húmeda y se la dio. Ella volvió a restregar el cristal hasta conseguir dejar un círculo limpio que le permitió, que nos permitió, ver el interior de la tienda.

Contemplamos los estantes llenos de botes, de hierbas y semillas. Las velas de colores, las barras de incienso, las flores secas colgando del techo..., incluso sentimos el olor del betún de Judea. Nos pareció que salía a través del cristal, dándonos la bienvenida. Fuimos asomándonos una tras otra, en orden. Ellas llorosas, emocionadas, y yo entristecida pero al tiempo con una sensación de cobijo que jamás he podido explicar. La última en mirar fui yo. Cuando lo hice, el móvil que colgaba en el interior de la tienda, sobre la puerta, sonó. Fue como si alguien, desde dentro, lo hubiera rozado con sus manos. Remedios y Carlota se miraron, visiblemente sorprendidas y, al tiempo, inquietadas. Yo miré a Raquel, buscando una respuesta. Ella me sonrió y dijo:

—Nada muere, todo se transforma. Ella y Sheela aún están ahí. Nuestra alma se reparte en millones de pedazos invisibles dejando un poso en cada rincón que hemos habitado, donde hemos sido felices. No sé quién habrá comprado el local, pero te aseguro que, con el tiempo, será tuyo, Mena.

Tras sus palabras el móvil dejó de sonar.

Entonces, en aquel momento, yo no sabía que mi padre, pasado un tiempo, después de la partida de mi hermano a Londres, me entregaría las llaves del herbolario de Sheela. Desconocía que era él quien lo había comprado. Las palabras de Raquel, en aquel momento, me parecieron un deseo suyo, pero en realidad eran una premonición.

9

Mis tíos, Carlota y Juanillo, fueron los que me entregaron el diario de mi madre, las cartas que ella había escrito a mi abuela durante su viaje a Egipto. Carlota las encontró en casa de mi abuela, sobre la mesa camilla. Después de leerlas las guardé. En aquel momento creí que era lo más adecuado. No quise hacer partícipe a mi padre de su existencia. Sopesé dejárselas a mi hermano, pero, entonces, era igual de inapropiado porque su lectura le haría sufrir aún más por su pérdida. Tiempo después, cuando él cargó sobre las espaldas de mi padre la culpa completa de que mi madre se hubiese marchado a Egipto le di todos los folios para que los leyera. Quería que entendiese todos y cada uno de los motivos que le habían hecho tomar aquella decisión traumática para nosotros, pero vital para ella. Todos fuimos culpables de su huida y Adrián tenía la obligación de saberlo. Pero Adrián, mi hermano, observó algo más, tal vez un interlineado que yo no vi o alguna frase que se me escapó. Después de leer los folios decidió abandonar todo y marcharse a Londres. Creo que se fue como lo hizo ella, buscándose a sí mismo, camino de cumplir su sueño.

Cuando Adrián se fue sin darnos explicaciones claras de lo que hacía o un porqué que nos aliviara su marcha, supe que seguía los pasos de nuestra madre. Ella se dejó la vida en el camino, pero lo consiguió. A veces, un minuto de una vida tiene más valor que la vida entera. Deseé que mi hermano tuviera ese minuto.

Hacía años que no veía a Juanillo, el hermano de mi madre. Ella lo adoraba. Se parecían tanto el uno al otro. Morenos, de pelo liso y lacio. Delgados y pequeños, como yo. Al contrario que mis otros tíos, rubios y rizados, grandes y musculosos como Carlota. Aunque Carlota tenía otro carácter. Ella era más llana, más humilde, más familiar: más nuestra. Mi padre, cuando se enfadaba con ellos decía, con tono despectivo, que los australianos eran de diferentes camadas. Mi madre se irritaba pero en el fondo lo había sopesado más de una vez, igual que lo hacíamos todos; en silencio, hacia dentro. Con la duda oculta de que sus sospechas pudieran ser verdad.

Juanillo también luchó por conseguir el sueño de convertirse en mujer, aunque, como escribió mi madre, siempre lo fue, nació siéndolo. Lo contrató una empresa de diseño y se estableció fuera del país. Llevaba media vida viajando y trabajando en lo suyo: el diseño de la ropa femenina. Fue ahorrando como una hormiguita, sin permitirse ni un solo capricho para poder someterse a un tratamiento hormonal y después a una operación de cambio de sexo. Necesitaba aparecer como tal en todos los documentos de identidad. Vestir y vivir como lo que era en su interior, en su corazón y su alma: una mujer. Sin embargo, cuando tuvo el dinero suficiente, su edad y sus problemas de salud se lo impidieron.

El destino, a veces, debería ser condenado a cadena perpetua por sus actos.

Juanillo estaba en el pueblo desde la muerte de mi abuela. Cuando mi madre murió aún seguía allí. Al verle recordé a mi madre, ¡se parecían tanto! Incluso en su forma de vestir, desprendida, informal pero excesivamente femenina. Llevaba una camisa ancha, imaginé que para no acentuar los implantes de pecho y atajar las habladurías del pueblo. Aunque sus pechos no se marcasen, había otras muchas cosas que ponían de manifiesto su feminidad, su sublime y maravillosa feminidad. Por respeto a la memoria de mi abuela, que jamás estuvo de acuerdo con su condición sexual, quiso disimular todo lo que pudo y sufrió en silencio aparentando lo que no era, lo que no sentía.

Maldita doble moral.

—Regresamos mañana al pueblo. Aún quedan temas legales de la abuela que tenemos que rematar —me dijo—. ¿Has leído ya las cartas de tu madre?

—Sí —le respondí con cierta congoja.

—Creo que deberías plantearte la posibilidad de su publicación. El sueño de tu madre era ser escritora, aunque no lo dijese.

—Remedios y yo hemos hablado sobre ello. Pero no sé si tomaré la decisión de hacerlo. Si lo hago retocaré la parte en la que habla del asesinato de Sheela, creo que es demasiado delicado. Complicado más bien. Debo anular parte del texto. Nunca se sabe lo que puede suceder —le dije llevada por un presentimiento, sin saber que, tiempo después, Antonio sería detenido por otro homicidio de iguales características al que cometió con Sheela.

—Sí, esa parte es bastante comprometida —dijo con un gesto que ensombreció su rostro y, mirando a su pareja, cambió radicalmente el hilo de la conversación. Entendí que su pareja no conocía lo sucedido.

»Por cierto, si todo va bien, es muy probable que pronto seamos papás. Estamos planteándonos acceder a ello con vientre de alquiler...

Aquella noticia me llenó de alegría, de ilusión, me devolvió una porción de la felicidad que había perdido en aquellos meses. Les dije adiós mientras se alejaban en el coche de Carlota camino del pueblo. Sabía que pasaría mucho tiempo hasta que volviésemos a vernos en persona. Ellos, en aquel momento, residían en Holanda, pero por su trabajo viajaban constantemente. Cuando el coche desapareció de mi vista rompí a llorar, le quería tanto. Le quería muchísimo y no había sido capaz de decírselo. Estuve a punto de hacerlo cuando me acurrucó entre sus brazos después del entierro de mi madre. Cuando secó mis lágrimas, me acompañó al dormitorio y me arropó como si aún fuese una niña pequeña. A la mañana siguiente, desayunando, entre otras muchas cosas, hablamos de las dudas que yo tenía sobre seguir con la pintura o hacer caso a los deseos de mi padre y dejar la carrera de Bellas Artes. Mi padre, desde siempre, había insistido en que me matriculase en Económicas, decía que Bellas Artes era una carrera sin futuro, algo a lo que dedicar el tiempo libre, pero nada más. Su opinión era opuesta a la de mi madre que vivía cada una de mis clases y mis progresos como si fueran suyos, pero ella, mi madre, ya no estaba para darme ánimos, para aplacar los comentarios de mi padre.

—La vida, Mena, es un parpadeo y cuando te das cuenta ya has pestañeado dos veces. No pierdas el tiempo en complacer a los demás, no sirve para nada; sigue tu instinto. Si necesitas escapar ya sabes dónde estamos —concluyó, mirando a su pareja que sonrió dando conformidad a sus palabras.

Entré en casa sola, acompañada de un silencio inusual en los últimos días. Poco a poco, todos habían ido yéndose. La vida tiraba de mí con fuerza, arrastrándome.

Cogí mi teléfono móvil y le escribí un texto a Juanillo. Al final del mismo le puse un emoticono con un corazón rosa y al lado una bailarina flamenca con un traje de faralaes porque sabía por mi madre lo mucho que le gustaban aquellos vestidos. Le di a enviar con una sonrisa teñida de añoranza:

«Creo que deberías cambiarte ya el nombre, Juan es masculino y tú eres una mujer. Puedo sugerirte uno: Juana, o Joanna, que es más internacional y chic. Me gustan tus implantes de pecho. Deberías lucirlos más. Si yo tuviese esas tetas iría todo el día con un escote hasta el ombligo. Qué envidia me das. Te quiero!!!»

Me llamó llorando.

Han pasado demasiadas cosas desde entonces, demasiadas. Muchas aún no las he podido compartir con ella, con mi tía Joanna.

10

Sin saber cómo, ocupé el lugar de mi madre y lo hice como suelen hacerlo todas las mujeres: anteponiendo sus necesidades, las de ellos, a las mías propias. Sacrifiqué mi tiempo, las horas de estudio, de ocio y salidas con mis amigos con el único objetivo de mantener el equilibrio de la casa, de la familia. Arropé, o eso creía, a mi padre y mi hermano porque los veía como seres indefensos. Y, en cierto modo, lo eran, pero con mi actitud en vez de ayudarles les perjudicaba. Era consciente de lo que estaba sucediendo, de que ellos cargaban sobre mí unas responsabilidades que no me pertenecían. Parecía que mi destino fuese únicamente su bienestar. Los primeros meses después de la muerte de mi madre quise quitarles preocupaciones innecesarias y aquello, el orden de la casa, su limpieza o la despensa, eran un mal menor, un diminuto punto en el universo frente al dolor que nos aquejaba por la pérdida de mi madre. Todos estábamos abatidos y a mí las tareas de la casa me evadían. Pero los meses fueron pasando uno tras otro y mis obligaciones aumentaron en vez de disminuir. Fueron comiéndome, alineándome y frustrándome poco a poco.

Probé a hacer lo mismo que ellos, desentenderme de todo. Pensé que tal vez protestarían, que me dirían algo, que se preocuparían por mi estado, por mi cambio de actitud. Creí que se sentirían incómodos cuando no tuvieran ropa limpia que ponerse, cuando al abrir la nevera no hubiese nada que llevarse a la boca, pero no fue así. Esperaron pacientes, seguros de sí mismos, a que yo no soportase la situación y volviese a mis andadas. Hicieron oídos sordos a mi amenaza de no mover un dedo, aunque la casa se viniera abajo de porquería y tuviéramos que entrar en ella con calzas y un bote de lejía pura en las manos.

Estiraban las camisas con el vapor de la ducha, colgadas en una percha. Las mismas que habían colado en mi lavadora sin que yo me diese cuenta. Lavaban a mano solo los cubiertos que necesitaban, porque ninguno sabía poner el lavaplatos y no les interesaba aprender. Pedían la comida de encargo que les sabía, decían, exquisita, aunque tuviesen que tomar antiácidos casi a diario. El resultado fue que terminé más desequilibrada de lo que estaba antes de ponerles a prueba. Estornudando por el polvo que se acumulaba en los estantes, empírica viendo el desastre y la situación de toda la casa.

Volví a los guisos, las verduras, el aspirador después de la facultad, la plancha en las mañanas libres y la compra de los sábados. Con los auriculares todo el día conectados escuchando los temas que había ido grabando porque no podía sentarme a estudiar. Se me arrugó el entrecejo, se me secó la piel por falta de las cremas que olvidaba darme antes de dormir y dejé de pintarme las uñas, era más práctico cortarlas al ras y limarlas. Comencé a envidiar a la gente que tomaba una cerveza al sol en la plaza del pueblo o a los que caminaban relajados sin prisa por las zonas ajardinadas, libres de preocupaciones, con la mente perdida en esa maravillosa afición que es no hacer nada, dedicar parte de tu tiempo diario a la vida contemplativa. Fui poco a poco perdiendo contacto con mis amigos y me convertí, sin darme cuenta, en una pequeña copia de mi madre. Me sentía como las hijas de antaño que suplen a su madre tras la muerte de esta, que se encargan del padre viudo y los hijos que quedan sin su protección. Cautiva y sin futuro, presa de un chantaje emocional que no merecía. Sumergida en una involución, alineada por mi destino. Sabiendo que algún día, el día menos pensado, aquello explotaría como una olla exprés que nadie se molesta en retirar del fuego.

Mi padre siguió con su hermetismo emocional, con su cotidianeidad, de casa a la oficina y de la oficina a cenas que podían durar unas horas como semanas en las que no sabíamos nada de él. Entonces, su empresa comenzaba a tener problemas de liquidez. Las bonificaciones se redujeron, también los sueldos, y nuestro nivel de vida bajó considerablemente. No podíamos permitirnos una empleada de hogar. Eso fue lo que argumentó en respuesta a más de una de mis protestas. No podíamos permitirnos ese lujo porque yo hacía su trabajo, le respondí, pero mis palabras también dieron igual. Pasaron como un eco, como una reverberación. Era un: lo tomas o lo dejas, pero yo ya había probado a dejarlo sin resultados que me compensaran.

Adrián continuó con sus estudios, preparando aquella maldita oposición para notario que llevaba el camino de convertirse en la historia interminable. La muerte de mi madre, junto a la impotencia que sentía al no conseguir el puesto, le hicieron volverse más seco, más déspota y solitario. Eso era lo que demostraba diariamente, hasta el día que se fue. Eso pensaba yo, que era un desarraigado obsesionado con dedicar su vida a poner su firma sobre un papel. Eso sí, cobrando una fortuna por ello.

Remedios, al verme saturada, demasiado acobardada por todo lo que llevaba a mis espaldas, decidió, durante la época de exámenes, acercarse y ayudarme. Entre las dos, un día a la semana, le dábamos una batida a la casa. Me volvía loca estar con ella. Su sonrisa, aquella complicidad y lo fácil que lo hacía todo. Cuando ella llegaba, veía el cielo abierto. Era como si una ráfaga de aire fresco atravesase la casa de lado a lado, llenándolo todo de vida. Tras sus pasos todo se transformaba. Era la viva imagen de la vitalidad, de la alegría personificada. Conectaba la radio a todo volumen para que se escuchase en todas las habitaciones. A veces encendía el aparato de la cocina, el del salón y el de mi dormitorio en la misma emisora. Aquello era una locura maravillosa porque en algunos momentos la retransmisión no iba al mismo ritmo en cada aparato. Cogía la fregona, el trapo del polvo, los productos de limpieza, el plumero y dejaba todo impecable sin aparente esfuerzo. La casa parecía revivir, acogedora, limpia y tranquila. Cuando terminábamos, exhaustas pero satisfechas con el trabajo, nos tirábamos literalmente sobre uno de los sofás del salón con una copa de vino tinto en la mano y disfrutábamos del paisaje que terminábamos de adecentar. El último día que nos dimos la paliza no tomamos una copa, sino cinco, o tal vez alguna más. Creo que bastantes más.

—Llegarán y tirarán los calcetines sucios, no limpiarán los lavabos ni la ducha después de usarla. Llenarán el cesto de ropa y se ofenderán si les dices que recojan el vaso del desayuno, porque vienen cansados de trabajar o estudiar. Y nosotras, como tontas, en vez de estar de copas o haciendo pasteles y poniéndonos hasta las trancas de dulce sin importarnos los kilos de más, volveremos a la cofia y el trapo del polvo —expresó con evidente dificultad para vocalizar—. Es culpa nuestra, Mena, siempre lo ha sido. A mí me gusta hacerlo, no sé por qué protesto —balbuceó, echándose más vino—. ¡No tengo arreglo! Pero no me negarás que ellos, caraduras que son, podrían poner un poco más de su parte.

—¡Ahí le has dado! —respondí con la misma dificultad que ella para vocalizar con normalidad, y di un trago largo de la segunda botella que terminábamos de abrir.

—¿Qué te parece si nos lo cargamos todo antes de que vuelvan? Siempre he querido saber qué se siente liándola parda, como en las películas americanas. ¿Te atreves?

—Uf... —respondí, levantándome del sofá.

Mi padre fue el primero que entró en casa y al primero que le cayó encima el puñado de harina que estábamos tirando contra la puerta. La casa era un completo desastre, llena de plumas de los cojines, de harina, repleta de los calcetines que habíamos sacado de los cajones y esparcido por el suelo del salón. El equipo de música reproducía a todo volumen a Queen con la voz de Freddie Mercury cantando *We are the champions* acompañada de las nuestras y los saltos que dábamos al tiempo que tirábamos puñados de harina. Eduardo, el marido de Remedios, vino a buscarla a la media hora, lo que tardó en desplazarse de la oficina después de la llamada de alerta de mi padre. A mí me acostó mi hermano.

Al día siguiente, cuando me levanté con una resaca de urgencias, café y cien analgésicos, la casa estaba impoluta, ni rastro de nuestro desmadre. Tenía el desayuno preparado en la cocina. Sobre la encimera estaban las botellas vacías de vino tinto que nos habíamos tomado; cuatro. Solo con mirarlas mis sienes parecían reventar y el estómago se me encogía. Una asistenta se movía por el salón como una polilla, agitando el plumero sobre las lámparas, revoloteando sobre ellas, limpiando la harina que aún quedaba encima de las tulipas.

Levanté el teléfono y llamé a Remedios. Cuando respondió le dije:

—Te quiero, Remedios.

—Y yo a ti, princesa. Ahora que vas a tener más tiempo para terminar la carrera y estudiar, necesitarás tomar más azúcar. Mañana te mando a Jorge con unas magdalenas que voy a hacer...

Mi hermano se fue unos meses después a Londres.

11

De la anulación de las comisiones, incentivos y bajada de sueldos se pasó a la reducción de personal. El sindicato llegó a un pacto con la empresa. Un acuerdo precario y ofensivo para los trabajadores que no tuvieron más opción que aceptar. Uno tras otro, día sí y día también, fueron marchándose con su petate a cuestas y una indemnización recortada por la pérdida de derechos adquiridos, supuestamente adquiridos años atrás. Fue el pan para hoy y el hambre para mañana lo que les agrió la mirada y el carácter, lo que les condenó a cambiar su vida de forma drástica y dañina. Del traje y la corbata, muchos, la mayoría, pasaron a los vaqueros y las deportivas. A las alienantes, inhumanas, sucias y desesperantes listas del paro. Y se fueron allá donde se queman los recuerdos y se buscan esperanzas. Donde se mira al pasado con añoranza y el futuro da miedo; asusta. De tener un puesto seguro pasaron a la búsqueda incansable de trabajo, al envío masivo de currículos, a esa maldita compañera de viaje llamada impotencia. Al consumo de antidepresivos. A los días tristes, iguales y monótonos quemando la calculadora. Haciendo reparto de haberes imposibles de prorratear. Al miedo a la factura de la luz, el agua, el gas, la comunidad... A sumar antes de comprar alimentos en el supermercado. A maldecir el día que adquirieron la casa y firmaron la hipoteca. Ese gravamen que esgrime su guadaña mortecina todos los primeros de mes. A temer al casero, terrateniente moderno que con la crisis se va haciendo con más y más haciendas a precio de saldo, incrementando su capital inmobiliario y, como las funerarias, expoliando a los afectados a costa de su desgraciada situación personal.

La empresa de mi padre fue absorbida por una de mayor capital que según la adquirió la desmontó. Como un niño malcriado y rico que quiere un juguete y, cuando lo tiene en su poder, lo destroza por puro capricho, por pura diversión. Con aquel cierre se fueron muchos años de trabajo de demasiadas personas, de múltiples familias. Se quemaron sus ilusiones, los planes de futuro, sus sonrisas y sus miradas. Aquella demolición les regaló la devastadora y terrible sensación de que eres una marioneta en manos de un dios menor; avaro, mísero, sucio, corrompido y nauseabundo. Sin conciencia. Sin humanidad.

Los directivos, los artífices reales del colapso financiero que sufrió la empresa, se recolocaron o se jubilaron con pensiones o sueldos millonarios con los que se podría haber mantenido el negocio, con los que se hubiera evitado la venta de la vida de tanta gente, de su futuro, de sus esperanzas y, sobre todo, de su dignidad. A mi padre le ofrecieron la posibilidad de seguir en plantilla con una categoría y un sueldo mucho menor. Debía trasladarse a un pueblo fuera de la provincia, lejos de su hogar. Un pequeño pueblo montañés de pocos habitantes. «Es todo un privilegio, las cosas no están para despreciar nada, además tiene costa, podrás llevar una vida más relajada, para mí lo quisiera yo», le dijeron. Él protestó por la movilidad que tendría que sufrir, por el desarraigo que suponía. «O lo tomas o lo dejas», le puntualizaron. Y calló, asintió como hicieron otros antes y después que él. No tenía hijos pequeños, ni arraigo emocional, por lo que pudo aceptar sin tener que llorar por dentro y por fuera. Otros no tuvieron la misma... ¿suerte? No, suerte no; posibilidad. La suerte es otra cosa.

—Creo que es lo mejor. Lo medité mucho antes de aceptar. No quiero que le digas nada a Adrián. Estoy muy contento con su decisión de establecerse en Londres. Sé que allí tendrá futuro, aquí no. Quiero que esté tranquilo —me dijo el día que me comunicó lo que sucedía—. Tendrás que encargarte de mantener todo tú, no puedo seguir pagando a la empleada de hogar. Claro que ahora, al estar tú sola, te será más fácil. Eres ordenada y no manchas nada. No como nosotros, que somos la viva imagen del desquicie. No nos educaron bien y mira en lo que nos hemos convertido —dijo, señalando la ristra de camisas que colgaban en el perchero del cuarto de la limpieza para ser planchadas. Imaginé que lo hacía en un intento vano por desdramatizar la situación.

—Tiene que haber una solución que te permita quedarte. Podemos vender el chalet y cancelar la hipoteca. Con lo que sobre continuaremos hasta que encuentres algo que te permita seguir aquí. No quiero que te vayas. Sé que no lo soportarás. Yo termino la carrera este año. Buscaré trabajo de lo que sea. Lo haré ya. ¿Qué vas a hacer allí tú solo?

—Me vendrá bien un cambio de aires. Hace tiempo que lo necesito —contestó.

—Estoy hablando muy en serio —le dije enfadada, alzando el tono de voz—. Creo que te has precipitado. Deberías haberme preguntado qué me parecía a mí.

—No, Mena. Esta vez no me he precipitado. Lo hice muchas veces en el pasado. Tal vez demasiadas, pero ahora no.

»No puedo vender el chalet porque no nos daría ni para cancelar la deuda pendiente de la hipoteca. He ido ampliándola para pagar vuestros estudios año tras año, después las carreras. Esa es la mejor herencia que os podía dejar; la posibilidad de que tuvierais la mejor preparación. Me endeudé demasiado —enmudecí.

»Cuando tu madre viajó a Egipto, después del asesinato de Sheela, como ya sabes —dijo, señalando el llavero del erizo rojo que yo había colgado en la entrada de la casa y que aún no había utilizado porque no me había atrevido a entrar en el local—, compré el herbolario y para ello tuve que rehipotecar el chalet. Estamos casi como al principio, cuando tu madre y yo llegamos a vivir aquí. Endeudados hasta las cejas.

—Pues vendamos el herbolario —respondí.

—Eso sería lo último que hiciese. Cada vez que paso por la puerta siento la presencia de tu madre, incluso puedo oler su perfume. He soñado con ella solo dos veces desde que murió y las dos veces ella estaba en el herbolario junto a Sheela. Después de la muerte de su amiga, Remedios y ella estuvieron viendo la posibilidad de comprarlo. Se lo debo. Rompí muchos de sus sueños y me gustaría rehacer alguno. Al menos este. Sé que a ella le hubiera gustado que fuese tuyo. Hace dos meses que lo puse a tu nombre. Así no habrá problemas si en algún momento no puedo seguir pagando la hipoteca de la casa. No podrán tirar de él.

»Con mi sueldo puedo seguir afrontando los gastos, por ahora. Iremos justos, pero nos apañaremos. Si decides poner en marcha el herbolario, algo que espero que hagas, todo irá mejor. Estoy seguro de ello.

Se acercó a la puerta en donde estaban las llaves colgadas y cogiendo las del herbolario me las dio.

—Sé que es difícil de entender, pero la quería. Quería a
tu madre con toda mi alma. Cógelas —dijo acercándome-
las—, y abre de nuevo el herbolario. Hazlo por ella.

12

Después de dejar a mi padre en el aeropuerto, camino de su nueva vida, fui directamente a casa de Remedios que esperaba mi regreso sentada en el porche. Leía el último de los libros que componían una saga romántica. Tenía el pelo recogido. Las gafas de presbicia enganchadas por las patillas a un precioso cordón de cuentas de cristal de colores. Sobre su nariz pequeña y fina resbalaban despacio, poco a poco. Caían hasta la punta de esta y ella las empujaba, sin perder de vista la página de la novela que leía con deleite. El sol le daba en el pelo y hacía que sus cabellos rubios brillaran y descubrieran algunas de las canas que ya iban tomando posición en sus sienes. Llevaba unas mallas marrones, ajustadas, y una sudadera de color café grande y larga que le llegaba a las rodillas. Calzaba unas zapatillas de hombre de cuadros rojos y azules. No me vio llegar, ni sintió mis pasos al subir los escalones del porche. Estaba abstraída por completo en aquella maravillosa historia de amor que tenía entre manos y que estaba a punto de concluir. La observé unos segundos, los suficientes para imaginarme a mi madre junto a ella, para conjeturar cómo habría sido de no haber muerto, si hubiera alcanzado más años de vida. Sería una mujer atractiva y llena de vida, como lo era Remedios. Emprendedora y valiente, dispuesta a enamorarse una vez más. A recorrer nuevos caminos, aunque estos estuvieran hechos de pedernal que arañase sus pies. Sería una mujer de agua. Habría abierto el herbolario de Sheela junto a Remedios o se habría quedado en la casa de mi abuela en el pueblo, escribiendo y cuidando del ganado y de la pequeña huerta. Esperando, como Penélope, a su amor o reviviendo, día tras día, el que tuvo con Omar en Egipto.

Cómo había cambiado todo, qué diferente era mi vida. No se parecía en nada a lo que había imaginado, al futuro que había deseado para mí y mi familia, pensé. Se me escapó un suspiro y tras él las lágrimas que dejé que corriesen por mis mejillas acompañadas de una congoja profunda y asfixiante.

—¡Pero, cielo mío! —exclamó Remedios, levantándose. Dejó la novela sobre la mesa de metal. Se quitó las gafas y, ayudada por el cordón, las llevó hasta su espalda. Dejó así su pecho libre para poder abrazarme sin que estas se dañasen al hacerlo.

La cadena con las cuentas de colores, al colocar las gafas en su espalda, se ajustó a su cuello como si fuesen una gargantilla. Se acercó a mí y me abrazó con fuerza. Acariciando mi cabeza y recostándola en su hombro derecho.

Pasamos unos minutos unidas por aquel cálido y maravilloso abrazo que me permitió llorar sin consuelo. Como no lo hice al despedir a mi padre, como no pude hacerlo al despedir a mi hermano, como debería haberlo hecho sobre la tumba de mi madre el día de su entierro. Lloré por su pérdida, por mi soledad, por la angustia que sentía y por lo injusta que es la vida en muchos momentos.

Lloré por dentro y por fuera, con el alma y las entrañas, perdiendo parte de mí en aquellas lágrimas y volviendo a nacer con ellas. Fueron como la vida y la muerte, como un antes y un después. El final y el principio de una nueva etapa, de un nuevo horizonte que empezaba a recorrer en soledad. En el salón de la casa de Remedios comenzó a sonar *That woman*. Levanté la cabeza y separándome un poco de Remedios la miré a los ojos. Ella pareció escuchar mis pensamientos y dijo:

—Lo tenía puesto mientras leía. Andreas, cuando vino a casa, el día que os encontrasteis en la gasolinera, ¿recuerdas? —me preguntó. Yo asentí con un movimiento de mi cabeza—, me dejó una copia de su último disco editado. En él está la canción que le compuso a tu madre. Lo traía para ella. No quiso dártelo a ti porque estabas demasiado afectada después de vuestra conversación. Siento no habértelo dicho. Pensaba dártelo cuando estuvieras más tranquila.

Para ella fue algo lógico. El disco había seguido su curso saltando de canción en canción, pero para mí, el que aquella canción hubiese sonado en aquel preciso instante supuso algo más, tenía un significado diferente. No lo consideré una simple casualidad. Sentí a mi madre cerca de mí, diciéndome que yo también era una mujer de agua, esa mujer de la que hablaba la canción. Mi padre tenía razón, debía abrir el herbolario por ella, por mi madre.

—Hay que ponerse manos a la obra —dijo Remedios, volviendo a colocarse la cadena de las gafas hacia delante—. Lo primero que vamos a hacer es poner en orden el herbolario. Luego meditas si estás en condiciones para abrirlo. Si decides hacerlo, ya sabes que puedes contar conmigo. Me gustaría muchísimo encargarme de su puesta en funcionamiento, ayudarte. Para mí sería un sueño cumplido además de un homenaje a tu madre y a Sheela. Después reorganizaremos tu casa. Haremos inventario de lo que queréis vender. Ya me dijo tu padre que era necesario hacerlo, sobre todo las antigüedades que él ha ido adquiriendo en los últimos años porque os pueden dar bastantes ingresos. Te ayudaré en todo, Mena, en todo. Eres mi niña, mi niña de agua.

—Yo me presento voluntario para mover muebles y trasladar cajas. Incluso para limpiar cuando comencéis con todo. Y ya sabes, Reme, que odio limpiar, pero en esta ocasión estoy dispuesto a remangarme —apostilló Jorge que permanecía en la puerta, bajo el quicio, mirándonos. Debía de llevar unos minutos allí sin que nosotras percibiéramos su presencia.

Se acercó a mí y, ante la mirada inquieta y de sorpresa de Remedios, con su mano derecha limpió las lágrimas que aún seguían corriendo por mis mejillas. El roce de sus dedos me produjo una sensación confusa que me avergonzó. Si Remedios no hubiese estado allí, me hubiese abrazado a él.

—Me voy. Llego tarde y hoy tenemos que cuadrar el inventario de las tiendas. Reme, no creo que venga a almorzar, pero estaré pronto para la cena. —Me miró y dijo sonriendo—: Mena, si quieres paso a recogerte y cenas con nosotros. Traeré un jamón que deberías probar. Sigo pensando que estás demasiado delgada. ¡Ah!, se me olvidaba. —Se dio la vuelta y entró en la casa. Salió casi al instante—. Esto es para ti —dijo, tendiéndome un paquetito—. Reme me dijo que te había gustado mucho el suyo. Como sabes yo se lo regalé y le adapté la cadena para que pudiese colgar las gafas en él. Ayer compré este para ti.

—Si no fueseis casi hermanos juraría que os gustáis —apostilló Remedios que nos miraba con cierta incredulidad—. Mi Jorge es así de maravilloso. No lo he podido hacer mejor. ¿No crees?, Mena.

No respondí. No podía hacerlo.

Al abrir el paquete y ver el collar de cuentas de colores deslizarse entre mis manos, los cristales rojos, azulones, naranjas, amarillos, verdes, solo acerté a decir:

—¡Es precioso!

Él sonrió y dándose la vuelta emprendió el camino hacia la salida. Atravesó el jardín, mientras, de espaldas a nosotras, levantaba su mano en señal de despedida.

¿Por qué tenía que estar pasándome esto a mí?, me pregunté mientras le veía marcharse. Mientras acariciaba las cuentas que parecían haberle robado los colores y la luz al arco iris.

13

Aquel día, la mañana en que regresó Andreas, Remedios nos esperaba en la puerta, junto a la cancela del chalet. Con su mano derecha a modo de visera protegía sus ojos del sol que iba ascendiendo sobre los tejados. Miraba la carretera pensativa, tal vez perdida en el pasado, en el centenar de recuerdos que debían estar asaltándola en aquellos momentos. Supe que había llorado porque no llevaba las gafas de lejos puestas. Siempre que lo hacía se las quitaba. Le molestaban para limpiarse las lágrimas. Aun habiendo sitio disponible en la calle, no aparqué mi coche. Paré unos segundos para, con mi mano izquierda, indicarle a Andreas que dejara el suyo en el hueco que había al lado de la puerta de Remedios y me dirigí a meter el mío en el garaje. Él hizo caso omiso a mis indicaciones y estacionó en el chalet de enfrente, en la misma entrada de carruajes, como si la vivienda aún fuera suya o pensase ocuparla. Seguía siendo igual de vitalista y antisistema, encantadoramente irreal. Una chispa de vida que te arrastraba a carbonizar las normas, a caminar sobre las ascuas sin preocuparte de las quemaduras.

Desde el garaje observé como Remedios cruzó la calle y ambos, en medio de la carretera, se abrazaron. Estuvieron unos minutos sin hablar, mirándose como si en los ojos del otro, cada uno de ellos, pudiera ver todo lo sucedido en los años que habían pasado ausentes, sin habitarse.

La hija de Andreas seguía en el asiento trasero. Por los movimientos que hacía con sus manitas me pareció que mantenía una charla con alguien. Respondía y asentía moviendo su cabecita de derecha a izquierda y de izquierda a derecha. Su melena lisa y oscura se deslizaba de un lado a otro recorriendo su espalda. Sus gestos estaban envueltos por ese hechizo que solo poseen los niños. Aquella magia que desprendía fue lo que me mantuvo encandilada; mirándola. Pude escuchar alguna carcajada, pero no lo que respondía. Solo un murmullo de tono entusiasta. Se giró, me miró sonriendo y continuó con su conversación de interlocutor invisible. Remedios y Andreas hablaban sin prestar atención a la niña, ensimismados en aquel instante que les había permitido reencontrarse y, seguramente, sobre la ausencia de mi madre, porque Andreas bajó la cabeza, metió las manos en los bolsillos de su vaquero y dio una patada al pavimento como si pretendiera levantar el alquitrán. Entonces la niña se quitó el cinturón y bajó del coche. Echó a correr sin mirar a los lados y cruzó la calle hasta llegar junto a mí. Lo hizo en un instante, como si volase en vez de correr. Ni Remedios ni Andreas se percataron de su peligrosa escapada.

—No se te ocurra volver a hacer eso —le dije enfadada. Ella agachó su cabecita con gesto de pesar—. Podría haber pasado un coche y te habría atropellado. —Le remarqué agachada a su lado, acariciándole el pelo—. Nunca debes cruzar la calle sola y menos sin mirar a los lados.

—Es que mi padre tarda mucho. No para de hablar y

yo quería darte el regalo que compramos para tu madre. Papá me ha dicho que ella está de viaje y he pensado dártelo a ti para que cuando regrese se lo des —exclamó, extendiendo su mano derecha hacia mí.

Muda, sin poder articular palabra cogí el sobre rojo que me ofrecía y lo abrí. En su interior había un broche de un paraguas rojo y una nota manuscrita dirigida a mi madre: «Tenías razón, soy un hombre de viento. Siempre te he querido y siempre te querré, mujer de agua.» Andreas.

Apreté el broche entre mis manos, aguantando las ganas de llorar, de salir corriendo, de gritar, y no me di cuenta de que la niña había vuelto a cruzar. Tiraba de la camisa de su padre, intentando llamar su atención.

—¡Papá!, papi, ¡hazme caso! —insistía con la cabeza levantada y el ceño fruncido mirando a Andreas, pero él seguía ensimismado en la conversación que mantenía con Remedios.

Les dejé hablando y subí a la buhardilla. Abrí el viejo baúl en donde guardaba algunas cosas de mi madre, entre ellas su manta de lana roja, la manta de lectura, como ella la llamaba. La estiré sobre el suelo y le coloqué el broche del paraguas. La acaricié y volví a guardarla. Permanecí sentada sobre el baúl varios minutos mientras oía la voz de Remedios llamándome desde fuera al tiempo que tocaba el timbre de la puerta de casa. Finalmente la escuché decir:

—Mena, te esperamos en casa. Estaremos en el porche trasero, o sea que llámame al móvil porque no escucharemos el timbre de la puerta desde allí.

Antonella, después del almuerzo, cogió rápido el sueño. Se durmió sobre la hamaca del jardín, bajo la sombra del naranjo que aún olía a azahar. Arropada con una colcha de estampado de mariposas que Remedios le regaló y a la que pareció tomar un cariño especial porque se aferró con sus manitas a una de sus esquinas como si la tela fuese un tesoro. Su siesta nos permitió conversar con más libertad. Cuando Remedios se marchó a preparar el café, Andreas comenzó a hablar de mi madre y de la relación que ambos habían mantenido.

—Tardé en marcharme porque no quería irme sin ella. Intenté hacerlo varias veces, incluso metí las cosas en el coche y lo arranqué, pero al mirar hacia la ventana de su cocina, desde donde todas las mañanas levantaba su mano para darme los buenos días, paraba el motor y volvía dentro, a la casa.

—No entiendo —le dije perpleja—. Ella habló de tu marcha como una huida.

—Y lo fue. Escapé. Me era imposible mantener aquella situación. Saber que todos los días tu madre dormía con su marido me podía. Llegó un momento en el que no pude soportarlo —dijo dando una calada profunda a su cigarrillo.

—Era su marido. Cuando os enrollasteis ya estaba casada —le dije molesta, sin disimular mi desagrado—. ¡Sabías lo que había! —concluí en tono airado.

Remedios llegó con la bandeja del café, la depositó sobre la mesa y volvió a marcharse, dejándonos a solas de nuevo.

—Lo que nunca imaginé, Mena, es que llegásemos a enamorarnos de aquella forma. Parecíamos adolescentes. Nos bebíamos la vida.

»No podía pedirle que se viniera conmigo, que dejase a tu padre. ¡Qué iba a ofrecerle un *hippie*, un cantautor de poca monta como yo! No tenía dónde caerme muerto. Tu padre le daba estabilidad, sobre todo para vosotros. Ahora —dijo mirando a su hija que dormía profundamente—, ahora sé que hice lo correcto.

—Y ahora, después de tantos años, ¿por qué has vuelto? —le inquirí a la vez que le preguntaba cuántos terrones quería, señalando el azucarero con mi mano.

—No, lo tomo siempre sin azúcar, me gusta amargo —dijo guiñándome un ojo.

«Es tan atractivo», pensé. Y sonreí recordando a mi madre cuando reía, sabiendo que seguramente él la había hecho reír muchas veces. Le miré con detenimiento, como si fuese alguien ajeno, y comprendí lo que mi madre había sentido por él. Fue un instante tan veloz como una ráfaga de luz en la noche que me hizo entender que a fin de cuentas lo más importante era que, aquella aventura, aquel amor tardío, a ella, a mi madre, le había dado la vida, le había hecho plantearse muchas cosas. Sin decírselo se lo agradecí.

—Mi madre decía que para apreciar la esencia del café hay que tomarlo sin azúcar —dije, echando un terrón en la taza—, pero yo jamás he podido hacerlo. —Sonreí y volví a mirarle fijamente—. Dime, ¿por qué has vuelto? —volví a preguntarle.

—Quería volver a verla. Necesitaba hacerlo. Estoy divorciado y tengo quince días de custodia que he aprovechado para visitar a muchos de mis amigos. Siempre, desde que nació Antonella, quise que tu madre la conociese. Sé que le habría gustado saber que tengo una hija. Pero, ya ves, el destino nos ha jugado una mala pasada —concluyó, bajando la cabeza. Dio un sorbo del café y se encendió otro cigarrillo—. ¿Quieres? —preguntó, acercándome el paquete.

—No, gracias.

»Andreas, ¿por qué la llamabas "mujer de agua"? —le inquirí.

—El agua es el origen de la vida, como vosotras, como todas las mujeres. Se mimetiza con las energías que la rodean, toma mil formas, igual que lo hacéis las mujeres. Además, tu madre decía que todos los días importantes de su vida estaban pasados por agua —sonrió—. Ella era toda agua, toda energía y vida. Siempre pensé que algún día se perdería bajo la lluvia, porque el agua era su origen. Cuando se lo decía, ella respondía que para protegerse de la lluvia tenía el paraguas rojo que le regaló Sheela.

—Ahora lo tengo yo —le dije con voz entrecortada.

—Me llamaba «hombre de viento». Decía que los hombres somos como el viento que mueve el agua del mar o los lagos. Vamos y venimos como él, pero que pocas veces nos quedamos en el mismo lugar, porque, si lo hiciésemos, dejaríamos de ser...

Se quedaron a dormir en casa de Remedios. Al día siguiente emprendieron el camino de regreso. Antes de irse nos hicimos unas fotos juntos. Antonella insistió en hacérselas con el paraguas rojo que Remedios tenía en la entrada, bajo él.

—Llévatelo —dijo Remedios con los ojos llenos de lágrimas—. Enana, me has robado el corazón. ¡Eres tan preciosa! Sé que Jimena, si estuviera aquí, te habría comprado uno.

—A mí tú también me gustas —dijo la niña—. Y mi amiga dice que eres muy guapa —concluyó mirando a su lado, como si realmente hubiese alguien junto a ella que nosotros no podíamos ver.

Al abrazarme a Andreas sentí una sensación extraña. Fue como si mi madre también le abrazase al mismo tiempo que lo hacía yo. Cuando nos separamos me miró a los ojos, acarició mis mejillas, levantó mi barbilla y, con los ojos brillantes, conteniendo las lágrimas, dijo:

—¡Yo también la he sentido! Espero volver a verte pronto. Cuídate, mujer de agua...

Mientras el coche se alejaba una brisa cálida cimbreó las hojas de los prunos que poblaban la avenida, agitó levemente las ramas del sauce llorón de la entrada de la casa, se paseó por nuestro pelo, rozó nuestros cuellos y pareció abrazarnos. Estoy segura de que el viento que nos acariciaba era él, Andreas.

Remedios suspiró y retirando de su frente los mechones de pelo que el viento le había despeinado, dijo:

—Sigue siendo tan atractivo o más que entonces.

14

Aquel fue un largo y sofocante verano en el que las temperaturas hicieron que nos costase más de lo habitual desplazar los muebles, los cuadros y los objetos de loza que mi padre había decidido dejar en depósito para su venta a un anticuario de la capital. Organicé la ropa y los enseres personales de mi madre y los fui guardando en cajas de plástico herméticas que compré en una tienda regentada por orientales. A pesar de que Remedios y mi padre insistieron en que lo mejor era donarlos, llegado el momento, fui incapaz de deshacerme de ellos. Subimos las cajas a la buhardilla y las apilamos al fondo. Mi madre había adaptado aquella zona de techo muy bajo como trastero. Lo cerró con puertas correderas y lo convirtió en un gran armario de pared a pared donde fue depositando los recuerdos de nuestras vidas. Junto a la cuna, la ropita que mi hermano y yo habíamos utilizado cuando éramos bebés, el carrito plegado, varias cajas de juguetes casi emblemáticos y los libros que ella había usado en la facultad, ahora estaba su ropa y los objetos a los que ella daba un valor especial, entre ellos el paraguas rojo de Omar. Encima de las cajas deposité el último frasco de su colonia. Estaba a medias. Antes de dejarlo lo abrí y apreté el difusor. Durante unos minutos fue como si ella estuviera allí. Sus joyas, pocas y de escaso valor, a excepción de la alianza que me quedé y colgué en el collar de cuentas de cristal que me regaló Jorge, las dejé tal y como estaban en el cofre de madera que utilizaba como joyero, al lado de su colonia. Aquel día no lloré, solo sentí un profundo pesar, una añoranza extraña, un vacío que pareció comerse una parte de mi ser, de mi existencia. Fue Jorge quien se agachó y cerró las puertas al ver que yo era incapaz de hacerlo, que seguía estática mirando el interior del trastero, perdida, quieta en el pasado, habitándolo más de lo necesario. Me quitó las llaves de las manos y dio una vuelta a la cerradura. El llavero compuesto por cuatro cascabeles dorados sonó y se balanceó rozando las puertas.

—¿No crees que sería una buena idea, en el caso de que al fin decidas abrir el herbolario, exponer en él los cuadros que pintó tu madre? —dijo Remedios que permanecía frente a uno de ellos, mirándolo ensimismada—. Has heredado de ella ese arte con los pinceles.

Jorge percibió que necesitaba estar sola y sujetando a su madre por la cintura la condujo hacia las escaleras.

—Vamos preparando unos refrescos. Te esperamos en el porche. Aquí arriba hace un calor insoportable —dijo él secándose el sudor de la frente con su antebrazo.

Dos días después, cuando estaba un poco restablecida y los recuerdos, la pena que me invadía, me dieron una tregua, Remedios y yo nos acercamos al herbolario. Fue ella quien, después de varios intentos frustrados por mi parte, abrió la puerta. A mí me temblaban las manos y era incapaz de atinar. No conseguía introducir la tija en la cerradura.

El local parecía estancado en el tiempo, como si fuese

presa de un hechizo de cuento. En su interior seguía oliendo a madera de pino, a betún de Judea, a incienso y cera. El polvo se acumulaba sobre los estantes, encima de las flores y hierbas secas que colgaban sobre el mostrador, atadas a una de las vigas del techo. El viejo timbre dorado de pulsador que Sheela tenía para que los clientes lo hicieran sonar si ella estaba en la trastienda, ya no brillaba. Remedios lo apretó y el tintineo volvió a recorrer el local. Miró la cortina de terciopelo rojo que separaba las dos zonas como si esperase que Sheela fuera a salir y recibirnos. Vi cómo se le escapaban dos lágrimas que se secó rápidamente. Suspiró llena de añoranza.

En la trastienda aún permanecía el rastro de la sangre que Sheela perdió a causa de la paliza que le quitó la vida. Remedios se agachó y pasó su mano por la superficie de las losetas, la deslizó recorriendo la mancha ya ennegrecida como si su caricia caminara sobre la piel de Sheela, como si estuviera tocándola. Después se levantó y abrió el ventanuco. La luz del sol iluminó la trastienda y, entonces, todo pareció recobrar parte de la vida que había perdido hacía años. Sobre la mesa camilla estaban las runas y las cartas del tarot, en el centro una rosa de Jericó encogida sobre sí misma, aparentemente seca. Remedios puso su mano sobre ella y murmuró algo ininteligible. Se acercó al baño y abrió el grifo. Dejó correr el agua hasta que esta abandonó la turbiedad. Cogió un vaso, lo llenó y volvió. Yo permanecía mirando la infinidad de botes de cristal llenos de hierbas y semillas ajadas que copaban todos los estantes. Contemplando, ensimismada, un jarrón con girasoles secos que, me pareció, tenían una belleza extraña; quieta y serena. Sus gruesos tallos perduraban pegados a la base ennegrecida. El cristal del recipiente, que antaño fuera transparente, había perdido su lozanía bajo la capa de polvo que lo cubría.

Cuando Remedios abrió la ventana y entraron los rayos de sol me pareció ver que las flores giraban despacio, sin fuerza, hacia la luz que entraba por el ventanuco.

Limpié con mis dedos algunos de los lomos de los cientos de libros sobre ciencias ocultas que ocupaban los estantes de la trastienda. Impresionada por aquella maravillosa colección de un valor incalculable.

—Esto, esto... —balbuceé, señalando los libros.

—Sí —respondió Remedios—, son verdaderas reliquias. Entre ellos hay un ejemplar de un tal Herrera. Tu madre y Sheela lo comentaron en más de una ocasión. Decían que era un libro sobre ciencias ocultas. Las vigas que ves en el techo —dijo señalándolas— las colocó Sheela en base a ese libro, quiero decir que mandó que se colocaran en esa disposición.

—¿Te refieres a Juan de Herrera? —inquirí impresionada—. No puedo creer que haya un libro hermético aquí —dije mirando los lomos con precisión, limpiándolos uno a uno. Buscándolo entusiasmada, mientras, Remedios, con el vaso de agua en sus manos, me observaba con cara de no entender mi inquietud, mi desbordado interés.

—Hermético no creo que sea, ellas lo abrían —dijo con un gesto de extrañeza y señaló el libro como el que no quiere la cosa—. Eso sí, lo que recuerdo a la perfección es que siempre insistieron en que ese libro no existía. Era el tesoro más preciado de Sheela. En más de una ocasión comentó que si alguien se enteraba de que lo tenía se lo quitarían y podía tener problemas. Es tan antiguo que Patrimonio se haría con él. O sea que ni se te ocurra mencionar que existe —concluyó, sacándolo del estante y dándomelo.

Lo hojeé impresionada, sin entender cómo un libro de aquel valor podía haber permanecido tanto tiempo en la tienda, cómo el dueño del local antes de vendérselo a mi padre no se había molestado en ver lo que aquellas paredes guardaban. El valor, no solo de aquel volumen, sino del resto de tratados que había en los estantes era incalculable.

—No entiendo que el dueño del local no quisiera saber nada, cómo no se dio cuenta de lo que había aquí. Es incomprensible que lo vendiese con todo —dije con expresión de incredulidad.

—Es sencillo, aquí asesinaron a Sheela, y el local, antes de su muerte, tampoco era muy bien visto en el pueblo. Quedó estigmatizado por lo que sucedió. La dueña, una mujer mayor y supersticiosa, no quiso entrar en él. Cuando la policía retiró los precintos nos permitió coger algunas cosas personales de Sheela, pero no pudimos llevarnos nada más. Permanecía en la puerta vigilándonos como una urraca y no nos atrevimos a sacar los libros; hacerlo era correr un riesgo innecesario. Colgó el cartel y lo puso en venta como si fuese un panteón, cerrado a cal y canto —me quitó el ejemplar de las manos y lo devolvió a su sitio—. Sé que ahora es todo tuyo, pero el libro se queda aquí. Si lo quieres consultar es mejor que lo hagas dentro del local —dijo tirando de mi brazo.

»Vamos, ven, tenemos que regar la rosa de Jericó. Está esperando que llueva, pero esto no es el desierto. ¡Pobre!, ella no lo sabe —concluyó.

Se acercó a la mesa y volcó el agua del vaso sobre el plato.

—Cuando volvamos mañana, estará como nueva, habrá vuelto a la vida. Igual que lo hará el local. Este sitio necesita luz y agua, o sea; energía.

—Y un inventario —le respondí, volviendo a mirar los libros.

—Mena, todo lo que hay aquí es un legado espiritual. Si ha llegado a tus manos es por algún motivo y no creo que sea para que lo pierdas o lo desperdigues en manos que no lo merezcan. Si lo registras harás que exista en el plano material y eso te llevará de un lado a otro hasta que lo pierdas. Hazme caso, ¡por favor! Estos libros no existen.

15

Dedicamos dos meses a adecentar el local, a devolverle la vida. Limpiamos los estantes y uno a uno los botes de hierbas y semillas. Cambiamos las flores secas que colgaban de las vigas por manojos nuevos que Remedios se empeñó en recoger del campo y pusimos unas cortinas nuevas, como las que tenía Sheela, de terciopelo rojo. Las confeccionamos entre las dos, mano a mano. Yo las hilvanaba y Remedios pasaba a máquina mi dobladillo. Lo peor fue ir retirando el hilo de los hilvanes que se había quedado atrapado entre las puntadas de la máquina de coser. En más de una ocasión me dieron ganas de dar un tijeretazo a la tela, o un capón a Remedios cuando desviaba la trayectoria de la puntada y la aguja pillaba mi hilván. Lijamos la madera del mostrador, los postigos de las dos ventanas y del ventanuco de la trastienda. Les dimos tapaporos y los pintamos de su color original, el rojo del vino tinto. El herbolario fue poco a poco recobrando la vida. Finalmente le pusimos el nombre, El herbolario de las brujas de Eastwick. Lo grabamos en una tabla de superficie desigual que colgamos de un yugo. Fuera, al lado de la puerta, colocamos unos abrevaderos de madera y en ellos sembramos plantas aromáticas y un pequeño laurel para que nos protegiese.

Por las noches, agotadas físicamente, sentadas en el porche, intentando refrescarnos con la brisa nocturna que recorría el jardín tras el riego, y escuchando a Bob Dylan de fondo, Remedios y yo fuimos sacando información de los libros que Sheela tenía.

—Si tu madre nos viese se sentiría muy orgullosa de lo que hemos hecho y Sheela lloraría de la emoción —dijo, abrazándose a mí.

Estábamos fuera de la tienda observando emocionadas cómo Jorge, subido en una escalera, colgaba el yugo del que pendía el cartel con el nombre.

—He hablado con mi padre esta mañana —le dije—. Quiere que vaya unos días. Él no puede venir. Al menos eso dice, que no podrá venir hasta las Navidades. Pero no le creo. No me preguntes por qué. Presiento que algo pasa y no quiere decírmelo por teléfono. Podrías acompañarme —le sugerí.

—¿Yo? —inquirió con sorpresa—. No creo que sea apropiado. ¡Qué pinto yo allí, con vosotros!

—Ya le he dicho que tal vez vendrías conmigo —apostillé, sonriendo—. Y la idea le ha gustado.

Se despidió de su marido como si no fuese a regresar en mucho tiempo. Le dio mil indicaciones y le insistió en que la llamase todos los días, aunque sabía que él no iba a hacerlo. No lo había hecho jamás, ni cuando se ausentaba por un mes fuera de la capital la llamaba a diario, como mucho una vez cada dos semanas. Pero ella se conformaba con pedírselo, con soñar que alguna vez él tendría la decencia de levantar el teléfono e interesarse por su mujer. Jorge la abrazó al tiempo que la levantaba en vilo, como si fuese una niña. A ella le gustaba que su hijo hiciera aquello. Cuando la dejó en el suelo se acercó a mí. Caminó sin dejar de mirarme, recto, firme y varonil. Yo permanecía en el coche, sentada en el asiento del piloto. Se agachó, me miró a los ojos y me dio un beso suave, casi de refilón, que rozó mis labios, me pilló desprevenida y me fascinó.

—Cuídate, mujer de agua. No olvides atarla en corto —dijo, mirando a su madre que seguía hablando con su marido ajena a nuestra conversación—. Aunque no lo creas, mi madre es como una botella de cava, si le quitas el tapón puede provocar una pequeña catástrofe, y veo que las burbujas están muy agitadas desde que está tanto tiempo contigo. Me gusta, mucho, pero es…, puede que sea comprometido para ti —sonrió.

»¡Ah! No olvides que está prohibido enamorarse en las vacaciones de verano. ¡Es peligroso! Mira cómo ando yo, parezco un tonto a las tres —concluyó, guiñándome un ojo.

«¡Dios, esto es una locura!», una locura maravillosa, pensé encomendándome a todos los santos. Me estaba metiendo en un callejón sin salida, en una calle cortada donde, irónicamente, podía perderme. Miré a Remedios y una vez más pensé que ella no me lo perdonaría. O tal vez estaba equivocada y ella sabía lo que estaba sucediendo entre nosotros, entre su hijo y yo. Quizá. «Mejor no pensarlo», me dije mientras giraba la llave y ponía en marcha el motor del coche.

Parecíamos dos adolescentes camino del viaje de fin de curso. Sin horarios, sin normas, sin tiempo delimitado, libres. Con la música a todo volumen, las ventanillas abiertas, aunque llevábamos el aire acondicionado puesto, y sonriendo como dos tontas. Tontas tal vez, felices seguro. Remedios se mostraba entusiasmada con aquel viaje en coche por toda la cordillera, bajando y subiendo puertos. Recorriendo carreteras que a mí me daban cierto vértigo durante las bajadas, pero que a ella le entusiasmaban tanto que no paraba de hacer fotografías. Sacaba medio cuerpo por la ventanilla, algo que me ponía los nervios de punta y que a ella le divertía. Reía ante mis quejas sin retirar ni un segundo la vista del camino, de los acantilados que quedaban a nuestra izquierda, bellos pero amenazantes.

—Creo que le gustas a Jorge —me dijo cuando estábamos casi llegando, después de siete horas de camino y varias paradas para comer, beber y repostar.

Lo hizo cuando le dije que pusiera en el aparato de música el disco de Pablo Alborán, y le indiqué que saltara canciones hasta llegar a *Perdóname* porque era la que me apetecía escuchar en ese momento.

Cuando lo dijo no me miró, lo dejó caer en una especie de sinsentido, pero controlando. Ella era así, siempre lo había sido. Aparentaba no saber, no enterarse de nada, pero percibía más que ninguno de los que estaban alrededor. Tan vital como la propia vida y tan descarada e imprevisible como ella.

—Tengo que llamar a Adrián. Encontré una carta de él cuando se marchó. No está trabajando en ningún bufete de abogados. El que lo hace es su pareja. Es gay —le dije, intentando cambiar la conversación, tragando saliva, como si no hubiese escuchado sus palabras.

—Sé que me has escuchado. Esa canción es una de las que más le gustan a Jorge. Soy su madre, no lo olvides. Le conozco como si le hubiese parido —dijo en tono irónico y sonrió—. ¡Ay!, Mena, no me gustaría que sufrierais ninguno de los dos, pero tampoco que renunciarais a vivir, y enamorarse es estar vivo. Si discutís, no sabré a quién dar la razón. ¡Qué difícil es la vida, pero qué hermosa, reina!

»En cuanto a lo de tu hermano, creía que el único que

no lo sabía era tu padre. Veo que tú tampoco y me decepciona que así sea. Tu madre lo supo siempre. Yo también. Y sí, creo que debes llamarle, deberías haberlo hecho antes. Le harás feliz.

La miré con gesto de asombro, justo en el momento en que la voz del navegador nos indicó que habíamos llegado a nuestro destino. Mi padre estaba en la entrada del pueblo esperándonos. Junto a él había una mujer. Ambos estaban cogidos de la mano.

16

Tal vez debería haberme sorprendido, pero no lo hizo. Desde que mi madre murió tuve claro que mi padre emprendería una nueva vida con otra mujer, sería más pronto que tarde pero sucedería. Me alegré por él, lo necesitaba. Necesitaba alguien que le cuidase, que se preocupase de él y aquel lugar, alejado de la civilización, sin reuniones a medianoche, sin almuerzos, cenas o viajes, sin tentaciones adicionales, era lo más idóneo para que su relación funcionase. ¿Por cuánto tiempo?, era imprevisible, me respondí.

—Es guía —dijo cuando nos la presentó—. Si os apetece, mañana podemos hacer una escapada. Es un recorrido sencillo, casi como una ruta de senderismo —apostilló mirando a Remedios que ojeaba a la mujer de arriba abajo y de abajo arriba sin el menor recato—. No es necesario tener una condición física especial. ¿Me equivoco? —le preguntó a su compañera y, acto seguido, miró a Remedios.

—No, no, los grupos que tengo son de todas las edades y condiciones físicas —respondió ella con evidente reparo. Sin mirarnos directamente.

—Oye, ¡bonito! —le espetó Remedios—, aquí el que

está en peores condiciones físicas eres tú. Y no lo digo porque seas el más viejo del grupo, que lo eres y con diferencia, sino porque no hay más que verte. Eres el vivo retrato del sedentarismo —dijo, apoyándose en uno de sus hombros y le miró de cerca, desafiándolo.

—Estoy muy cansada —dije, cambiando el tema de conversación. Evitando que el ambiente se enrareciera aún más de lo que estaba—. ¿Por qué no dejamos el equipaje y nos vamos a cenar?

Cuando nos instalamos en la habitación de la casa, nada más cerrar la puerta del dormitorio, Remedios no tardó en manifestar su desagrado:

—Será, será... si casi es de tu edad, ¡por Dios! Tu padre ha perdido el norte, el sur y el oeste. Vamos, que va camino del polo norte pensando que está yendo hacia el sur. ¡Qué desfachatez!

—Bueno, tanto como de mi edad... Es joven, sí que lo es, pero no exageres. La ha presentado como su amiga, no nos adelantemos. Ya conoces a mi padre. No sé la edad que puede tener, pero tampoco me preocupa mucho —dije, abriendo la maleta. Saqué mi ropa y fui estirándola sobre la cama.

—¡Ja! —exclamó ella.

—No te enfades pero creo que estás demasiado molesta —dije sorprendida por su ofuscamiento—. Relájate, es algo normal y previsible. Pocos hombres saben estar solos. La viudedad es para ellos mucho más dura que para las mujeres. Además está en su derecho de rehacer su vida. Mi madre hubiera querido lo mejor para él y creo que esta relación, de ser una relación, que tengo mis dudas, le puede beneficiar. No le has visto, parece otro. Más joven, más vital. Ha perdido ese estado de apatía que le estaba consumiendo por dentro y por fuera.

—Si tú lo dices —respondió airada—. Si crees que esa

criatura de pecho —dijo, remarcando el demostrativo— es lo mejor para él, yo no voy a llevarte la contraria. Pero hija, la verdad, no sé qué piensa tu padre, lo mismo se cree que los pájaros maman.

—¡Remedios! —exclamé—. Estás exagerando. Dime, ¿a qué te refieres con eso de que los pájaros maman? Me estás poniendo nerviosa.

—¿No te has dado cuenta de que la casa, esta casa, está sin habitar? —dijo, pasando sus dedos sobre los muebles llenos de polvo—. Diría que somos los primeros inquilinos desde hace mucho tiempo. Tu padre no vive aquí. Está claro que la alquiló para nosotras. Vive con ella. Estoy segura de que viven juntos.

»No pensaba decírtelo para que no sufrieras, pero creo que debes saberlo aunque te haga daño. Sara es el último lío que tuvo antes de que tu madre viajase a Egipto.

—Pero..., ¿cómo puedes tú saber eso? No vayas a decirme que por el nombre, porque hay muchas Sara —le inquirí ya un poco molesta.

—Cuando tu madre se enteró de su última infidelidad, tu padre y Sara, esa destrozamatrimonios, llevaban juntos más de dos años. Yo la acompañé, ¡pobre mía!

—¡Que tú acompañaste a mi madre!, ¿adónde?

—Seguimos a tu padre. Él le dijo a tu madre que tenía un congreso fuera y que iba a permanecer en él una semana. Nos acercamos a su oficina y esperamos a que saliese. Le seguimos en taxi. La recogió en un hotel cercano. Ella estaba fuera con las maletas preparadas. Se subió a su coche y se dirigieron al aeropuerto. Les seguimos hasta allí. Prefiero ahorrarte los detalles. La vi con mis propios ojos, Mena. Es ella.

»Tu madre le llamó esa misma tarde. Le preguntó cómo iba todo y tu padre le dijo que el congreso estaba siendo un éxito. Hablaron poco porque él cortó la conversación con la excusa de que debía volver a la reunión. Tu madre sabía de sus infidelidades, pero aquello era diferente. Aquella relación era otra cosa. Fue el detonante real para que tu madre se marchase a Egipto.

Me senté en la cama un poco aturdida.

—Cuando mi madre estaba en Egipto mi padre no estaba con nadie. ¡No lo entiendo!

—Mucho antes de que tu madre decidiera marcharse habló con él. Tu padre le juró y le perjuró que no era cierto, que no mantenía ninguna relación con nadie. Lo hizo incluso cuando ella le contó que le había visto, que le había seguido. Jamás reconoció ninguna de sus aventuras. Entonces él, presa del pánico, rompió con Sara —apostilló con expresión de repulsa—. Pero ya era tarde, tu madre había dejado de quererle, se había ido de su vida. Él la había dejado irse poco a poco.

»Más tarde, cuando tu padre supo que le iba a pedir el divorcio, se derrumbó. A mí me dio hasta pena verle en aquella situación de desamparo y le abrí las puertas de mi casa. Incluso intenté, como ya sabes, que tu madre le perdonase, que le diese otra oportunidad. Me arrepiento de haber aguantado sus llantos, su desesperación porque tu madre le dejaba.

»Ahora sé que jamás dejó a Sara, que volvió a mentir a tu madre, que nos mintió a todos. Estoy segura de que no ha venido a este pueblo por casualidad. Es evidente que eligió el destino. Tal vez, incluso, lo solicitó. Apostaría que ambos lo habían planeado con antelación. Su empresa solía hacer viajes para los clientes, creo que uno de sus destinos era este pueblo y esa ruta a la que quiere llevarnos la barbie superstar de su novia. Segurísimo que también tienen un campo de paintball.

—¿Sabe mi padre que tú ibas con mi madre aquel día? —le inquirí.

—No. Tu madre jamás me mencionó.

Palmeé el colchón de la cama y le indiqué que se sentara a mi lado.

—Te voy a pedir que, por favor, no digas nada. Quiero que le dejes hacer. Necesito darle la oportunidad de que sea él quien me cuente la verdad. Lo necesito, Remedios. Quiero perdonarle y esa es la única forma que tengo de poder hacerlo, que sea capaz de decirme la verdad, que no me engañe...

De la semana que teníamos prevista solo pasamos dos días más allí en los que comprobamos que, como había supuesto Remedios, había un campo de paintball que funcionaba para grupos de empresas.

La situación era un tanto insostenible. Mi padre seguía actuando como si Sara nunca hubiese formado parte de su vida, como si realmente se hubieran conocido allí por pura casualidad. Remedios, al ver que yo no soportaría más días guardando las formas, decidió pedirle a Jorge que llamase indicando que teníamos que marcharnos antes de lo previsto.

—Pero, Reme, ¿qué es lo que os sucede?, no me digas que todo va bien porque no cuela —le dijo Jorge a su madre a través de la línea telefónica.

—Estamos bien. Tú haz lo que yo te diga y no preguntes más. Llámame mañana a las dos y cuarto. Tenemos que salir de aquí y necesitamos una excusa, o sea que ¡hazlo!

Mientras los cuatro almorzábamos, a las dos y cuarto en punto, el móvil de Remedios, que tenía sobre la mesa, sonó. Se disculpó y se levantó para atender la llamada. Yo permanecí con Sara y con mi padre, escuchando, incrédula y molesta, las explicaciones de él en cuanto a sus planes de futuro.

—Quería comentarte, ahora que Remedios no está... —Hizo una pausa y me miró esperando que le dijese algo, pero no lo hice—. Verás, Mena, la empresa de rutas es de Sara y ella me ha propuesto que sea su socio. ¿Qué te parece? —inquirió sonriendo, como si estuviera encantado de conocerse. Como si creyera que yo no le conocía lo suficiente.

—¿Su socio? Si no tenemos un duro —dije con extrañeza, con un gesto de suspicacia.

—Pues de eso era de lo que quería hablarte. He negociado con mi empresa y me darán la indemnización tal y como se había acordado con el sindicato. La invertiré en la empresa de Sara convirtiéndome en propietario con ella. Como también tengo derecho a dos años de paro lo solicitaré acumulado para el negocio, pero con el importe que me den seguiré pagando la hipoteca del chalet. Así tú tendrás estabilidad. No tienes por qué preocuparte. Aunque ya le he dicho a Sara que estoy seguro de que con el herbolario os irá muy bien y tendrás ingresos suficientes para mantenerte. Si no te parece bien puedes venirte aquí, con nosotros. Fue una suerte que me enviasen a este pueblo, precisamente aquí. Si no hubiera sido así jamás nos habríamos conocido —concluyó, sonriéndome—, ¿verdad, Sara? —le preguntó, poniendo su mano derecha sobre la de ella.

Ella sonrió. Con evidente reparo y sin mirarme dijo:

—Pues sí. ¡Hay que ver lo que es el destino! —Lo dijo en un tono seco, uniforme, como si presintiera mi descontento, como si supiese que yo sabía más de lo que mi padre creía.

—Mamá tenía razón, tienes las venas de plástico y la sangre tan espesa como el petróleo —le dije con expresión seria y cerrada. Cogí el vaso de vino y me bebí su contenido de un solo trago. Él fue a coger la botella para ponerme más pero me adelanté y me serví yo.

—¿A qué te refieres? —me preguntó.

—¡Mena! —exclamó Remedios—, tenemos que marcharnos antes. Hay problemas con las licencias del herbolario y Jorge no puede solucionarlo. Deberíamos regresar si queremos que la apertura sea en septiembre.

Salimos aquella misma tarde.

—Tenemos que hablar. No deberías irte así —me dijo antes de que me montase en el coche mientras Remedios colocaba el equipaje en el maletero—. Sé que me ocultas algo. Remedios no sabe fingir, jamás supo disimular —dijo, poniendo su mano derecha sobre mi hombro.

—Deberías haber hablado antes conmigo, mucho antes —le dije mirando con descaro a Sara que permanecía a nuestro lado. Ella, incómoda, se alejó.

—Mena, debes entender mi situación. Lo sé —dijo cuando volví a retarle con la mirada—, tienes razón, soy un cobarde. ¡Lo siento!

—No, papá, no eres un cobarde, eres un mentiroso, que es distinto e infinitamente peor —respondí.

—¿Nos vamos? No deberíamos esperar a que oscurezca más —preguntó casi en una exigencia Remedios, cogiéndome por un brazo.

Remedios y mi madre tenían razón: los pájaros no maman y mi padre tenía las venas de plástico y la sangre tan espesa como el petróleo. Pero a pesar de todo le quería. Aunque no se lo dijera, le quería con toda mi alma y por ese motivo, por ese amor carcelero y tonto que recorría mi alma y mi corazón, al mentirme, el daño que me hizo fue infinitamente mayor del que él imaginaba.

17

Decidimos hacer un alto en el viaje para que mi estado anímico se recompusiera. Nos desviamos en un pueblecito y nos alojamos en una posada situada al lado de un acantilado desde el que se veía como el mar rompía con fuerza sobre las rocas. Remedios, como si necesitara respirar el aire con olor a mar, nada más entrar en la habitación, dejó la maleta en el suelo y abrió el ventanal. Al separar las hojas, la madera de los marcos encorvada por la humedad emitió un sonido similar a una queja. Ambas hojas se atascaron en el suelo como si quisieran permanecer cerradas o les doliese aquel inevitable movimiento que parecían haber olvidado. Las levantó ligeramente ayudada del antiguo picaporte de metal, pintado en verde hoja, desconchado, despellejado por el envite diario del salitre, como los marcos de las puertas y las ventanas. Salió al mirador, miró unos instantes al frente, hacía un sol que caía sobre el horizonte, tiñéndolo de tonos anaranjados y rojizos. Después bajó la cabeza y fijó sus ojos en el precipicio. Ensimismada, contempló aquel paisaje escarpado y lleno de vida. Se quitó las horquillas del moño que recogía su pelo a la nuca y con un movimiento rápido de derecha a izquierda, fuerte y seco, dejó que este fuese empujado por el viento. Fue como si sacudiera sus pensamientos, como si al soltar su pelo se desprendiera de un lastre añejo. Su cabello rubio, en parte encanecido, le llegaba hasta la cintura. Unos instantes después, como si un pensamiento antiguo de libertad la poseyera, se apoyó en la barandilla y se perdió en algún lugar de aquella lejanía que solo mostraba vida. La humedad y el olor del mar entraron en la habitación, acompañados del sonido que producían las olas al romper contra las rocas. Era un rumor tenue, casi rítmico, constante y hermoso que me hizo retomar algunos recuerdos escondidos.

La observé unos minutos, en silencio. Su postura era semejante a la pintura de Dalí, *Mujer mirando por la ventana*. Cogí mi móvil y le hice una foto. Ella no percibió la luminiscencia del flash, que se encendió porque la luz dentro del dormitorio ya era tenue. El sol caía despacio, como si estuviera esperándonos. Como si quisiera acompañar nuestros sentimientos, aquella añoranza, aquella sensación de impotencia que ambas compartíamos en aquel momento. Los pájaros comenzaban a revolotear en busca de insectos y los graznidos de las gaviotas iban atenuándose poco a poco. Busqué los contactos del WhatsApp y le envié la foto a Jorge.

«Tu madre está preciosa ahora mismo. Creo que debo hacer lo que me dijiste y atarla en corto... Haremos noche aquí. No te preocupes por nada, todo está bien. ¡Ah!, olvidaba decirte que se te echa en falta.

Le di a enviar y me arrepentí en el mismo instante en que lo hice. ¿Por qué narices tuve que decirle que le echaba en falta?, pensé frunciendo el ceño. «Si es que no tengo remedio», me recriminé.

—Creo que necesito volver a enamorarme —dijo Remedios sin darse la vuelta. Abrió los brazos como si fuese a echar a volar, sin dejar de mirar hacia el horizonte—. Me siento viva, pero estoy muerta, muerta en vida, Mena —concluyó y siguió en silencio, con sus brazos apoyados en la barandilla, mientras el viento desplazaba su pelo hacia atrás.

Yo estaba tumbada en la cama, derrengada. Aún tenía el móvil en mi mano. Permanecía con los brazos estirados sobre la colcha de ganchillo que pensé debía tener un gran valor. Era artesanal. Me gustó tanto que sopesé, mientras pasaba mis manos sobre ella, en comentarle a la dueña de la posada la posibilidad de comprársela. Quedaría estupenda colgada en la pared del herbolario a modo de tapiz. Le daría vida a la tienda. Mi móvil vibró anunciando que entraba un WhatsApp, pero no lo miré. Lo dejé sobre la cama y me incorporé. Me acerqué a Remedios sin pisar el mirador para evitar que me sobreviniera el vértigo y le dije:

—Remedios, ¿qué pasa?

—Nada, ese es el problema, ¡que nunca pasa nada!

Me abracé a ella y rompió a llorar.

—Esto es una crisis. Es inevitable. Tarde o temprano tenía que pasarte. Controlas demasiado tus sentimientos, pero se te pasará. Estoy segura —le dije.

—No, Mena, sé que no se me pasará. ¡Mírame! —exclamó—. Soy consciente de que llevo la vida que yo he elegido. Bueno —puntualizó—, no exactamente la que elegí, pero sí soy la culpable de seguir con ella, por eso no tengo derecho a quejarme, ni un poquito.

—No digas eso —le dije enfadada—, todos tenemos derecho a quejarnos, a elegir y equivocarnos, ¡faltaría más!

—Mi marido no está en ninguna convención. Hasta ahora no me ha importado, pero no sé por qué al ver a tu padre con Sara, me he acordado de tu madre, de todo lo que me decía. Al verlos de la mano, sonriéndose con esa cara de imbéciles, he sentido un poco de envidia. Hace tanto que yo no siento esa sensación. Esa felicidad. Hace tanto tiempo que mi marido no me mira de esa forma.

»Echo en falta a tu madre, Mena, ¡la añoro tanto!

—Lo sé —le dije, reprimiendo las ganas de llorar—. Date una ducha ahora mismo. Te aseguro que llorar bajo la ducha produce una sensación muy especial. Luego bajamos a cenar. La cocina aquí debe ser casera, justo lo que nos hace falta a las dos. Después, si tienes fuerzas y ganas, nos tomamos unas copas. Aunque te advierto que no tengo muy claro si aquí habrá algo abierto a estas horas. Esto está en el culo del mundo y encima sobre una montaña, con el vértigo que yo tengo.

Se rio, pero no como solía hacerlo ella.

—Voy a llamar a Jorge. Debí hacerlo hace unas horas. Estará preocupado —dijo, yendo a por su teléfono.

—Le he mandado un WhatsApp hace unos minutos, con una foto que te he hecho mientras estabas en el mirador. O sea que si quieres no le llames. Espera a estar un poco mejor para hacerlo.

En el comedor no había apenas gente. De las diez mesas solo estaban ocupadas tres. Nos atendió un hombre corpulento y apuesto que dijo ser el hermano de la dueña. Después de ofrecernos varias opciones para la cena y de no dejar de mirar a Remedios, que seguía abstraída en su controversia emocional, nos invitó a una queimada que haría después en la terraza que daba al acantilado. Explicó, con entusiasmo, que la realizaba todos los fines de semana para sus huéspedes.

—Si nos pones en una mesa que no esté muy cerca de despeñarnos, cuenta con nosotras —le respondí con cara de pánico—. ¿Podré ver a tu hermana antes de marcharnos mañana? —le inquirí—. Me gustaría comprarle una de las colchas de la habitación.

—Pero, ¡cómo os vais a ir mañana! —exclamó—. Os perderéis muchas cosas y sería un pecado que lo hicieseis —dijo, mirando a Remedios que parecía no prestar atención a sus palabras. En aquel momento estaba mandando un WhatsApp a Jorge.

—Bueno, Gonzalo, estamos de paso —le respondí—. Estoy segura de que tienes razón, pero no está en nuestros planes quedarnos.

—Pues si quieres la colcha tendrás que hacerlo. La persona que las confecciona vive en el pueblo y tendrás que hablar con ella personalmente. Mi hermana no te venderá ninguna de las suyas, de eso estoy seguro —dijo, sonriendo con picardía—. ¿Tu amiga qué dice? —inquirió, mirando a Remedios.

—¡Sí!, nos quedamos mañana —respondió Remedios, mirando fijamente a Gonzalo y sonriéndole—. Cuenta con nosotras para la queimada. Espero que sepas hacer el conjuro, porque nos hace falta una buena protección.

Él sonrió y me miró desafiante, como si hubiera ganado una batalla imaginaria.

—¡Por supuesto! —respondió—, ¿señorita...? —inquirió.

—Reme, me llamo Remedios —le respondió ella—. Perdona que no te haya prestado atención, estaba escribiendo a mi hijo. Por cierto, Mena, Jorge me ha dicho que no le has contestado el WhatsApp que te ha enviado hace una hora...

Mientras Remedios y Gonzalo hablaban, yo, sorprendida y desubicada por la respuesta de Remedios, cogí el móvil y miré el WhatsApp. Jorge había contestado a mi mensaje con otra foto. Era una instantánea que él había tomado de mí el día que se fue la luz y entró en casa. Aquel día en que me consoló después de dejar a mi hermano en el aeropuerto camino de Londres. Después de cenar juntos, mientras él recogía la loza y los cubiertos, salí al jardín y me apoyé en la verja mirando hacia la calle. Me hizo la foto desde dentro de la casa. Yo estaba de espaldas a él, en la misma posición que mantenía Remedios cuando yo le hice la instantánea que terminaba de enviarle.

«Las mujeres de agua sois tan iguales. Tan encantadoramente peligrosas. Yo también te echo en falta», escribió.

Estoy segura de que mientras lo escribía estaba sonriendo. Sé que tendría aquel brillo maravilloso en sus ojos. Aquel destello de seguridad, de confianza en sí mismo, que tanto me gustaba.

Ya no había marcha atrás. Me había metido en un callejón sin salida y lo peor de todo era que me gustaba. Me gustaba demasiado, pensé.

18

Gonzalo impregnó los bordes del cucharón de azúcar, después lo llenó de aguardiente y lo prendió. Lo inclinó sobre el gran recipiente de barro cocido y dejó que el líquido fuese cayendo poco a poco. El contenido de la pota prendió. Las lenguas de fuego que formaba el alcohol al quemarse creaban una especie de catarata que seguía al cucharón al tiempo que el posadero lo subía y bajaba, introduciéndolo y sacándolo del recipiente con una habilidad extraordinaria. Las llamas azuladas y el olor a alcohol, azúcar, cáscaras de limón, de naranja y algunos granos de café quemado, invadieron aquella terraza situada cerca del borde del acantilado y crearon un ambiente casi irreal. Alrededor nuestro todo era oscuridad. Las luces de la pensión estaban apagadas. El cielo se me antojó ajeno y sobrecogedor. Cubierto de cientos, millones de estrellas que la contaminación lumínica me había impedido ver hasta entonces. Todos permanecíamos en silencio. Solo se escuchaba el ruido de las olas que aparentaba ser más tenue. Era como si la mar quisiera acompañarnos durante aquel sortilegio. Como si desease no molestarnos. Un viento sereno movía de vez en cuando los arbustos y recorría la terraza. Tal vez esperaba escuchar el conjuro para después llevárselo lejos, mar adentro. De vez en cuando se oía el graznido de alguna gaviota o el reclamo nocturno de un búho que se adivinaba solitario, posado sobre alguna de las ramas de los cientos de árboles que cubrían las laderas del monte.

Cuando el fuego comenzó a perder intensidad, Gonzalo inició el *conxuro*. Sus palabras iban y venían al mismo ritmo que el cazo entraba y salía de la pota de barro cocido. Tenían una cadencia serena pero sobrecogedora. Alrededor estábamos los huéspedes formando un círculo. Había tres parejas de mediana edad con las manos entrelazadas y la vista fija en el fuego, presas de su belleza, tan dañina como purificadora. Absortos en las palabras de Gonzalo y, al tiempo, inmersos en sus propios deseos. Atrapados por la necesidad de creer, por esa hambre de magia, de una magia que dé sentido al pesado caminar en el que a veces se convierte la vida. Les observé durante unos minutos y sonreí. Les sonreí porque me hicieron sentir su felicidad, o su alegría momentánea, como habría dicho mi madre. Algunos me devolvieron la sonrisa. Lo hicieron sobre todo con los ojos. En ellos pude ver esperanza, sueños por realizar, deseos y, sobre todo, ganas de vivir, de sentirse vivos.

Gonzalo estaba tan absorto en el desarrollo del rito que por un momento pensé que había traspasado el tiempo y el espacio y se encontraba en otra dimensión, lejos de nosotros.

—¡*Forzas do ar, terra, mar e lume!*, *a vós fago esta chamada. Se é verdade que tendes máis poder ca humana xente, limpade de maldades a nosa terra e facede que aquí e agora os espiritos dos amigos ausentes compartan con nós esta queimada* —dijo, finalizando el conjuro.

Cogió uno de los vasos, lo llenó y se lo ofreció a Remedios que sopló una pequeña llama que aún ardía dentro.

Les dejé charlando en la terraza, ya sin huéspedes, sentados uno frente al otro. Sin queimada en los vasos, pero con una botella de orujo al lado, sin abrir. Remedios arropada con una manta de cuadros que le llevó Gonzalo. El viento había pasado de ser una caricia agradable a convertirse en una brisa húmeda que te calaba hasta los huesos.

—No tardaré —me dijo ella con ojillos de sueño, o de haber tomado demasiada queimada. Con la mirada achinada por el cansancio o la dolencia que se escondía en su corazón.

—No te preocupes —le respondí—. Estoy cansadísima, además como ya no tenemos prisa en marcharnos mañana —apostillé con cierto tono de ironía que no pude reprimir al tiempo que miraba a Gonzalo—, puedes trasnochar sin problemas.

—Mañana vamos a pescar con caña —dijo Gonzalo, simulando tener el aparejo en las manos y lanzar el hilo del carrete al aire—, imagino que vendrás con nosotros.

—Pues me lo voy a perdonar —le respondí—. Si no os importa prefiero quedarme. Quiero hablar con tu hermana —dije—. Para el tema de las colchas. ¿Recuerdas? —le inquirí al ver que hacía un gesto con sus hombros que indicaba no saber de qué le estaba hablando.

—¡Ah!, sí, sí. Ella está de madrugada en la pensión. A la vuelta del mercado y de la lonja del pueblo de al lado. Mi hermana es la regenta por el día y yo la relevo cuando el sol se va, como los búhos.

Aunque me apetecía no me asomé al mirador, el vértigo me pudo. Abrí el ventanal y dejé que la brisa entrara libremente. Me arropé con la colcha y me senté sobre la cama. Miré el teléfono móvil y a punto estuve de conectar el WhatsApp y mandarle un mensaje a Jorge, pero me contuve. Todo habría sido perfecto si él hubiera estado allí, conmigo, pensé llevada por una sensación de añoranza extraña. Aquel sentimiento me intranquilizó. Busqué el paquete de tabaco que llevaba oculto en la maleta y me encendí un cigarro. Hacía varios meses que lo había dejado, pero aquel paquete siempre iba conmigo. Era, como solía decirle a mi hermano cuando me recriminaba el que llevara los cigarrillos, un «porsiacaso», y en aquel momento el acaso era evidente: lo necesitaba. Me levanté y me acerqué al ventanal, exhalé el humo mientras miraba el horizonte. Al fondo se veían las luces de algunos barcos pesqueros, oscilaban sobre la superficie del mar, ya ennegrecido, iluminado solo por la luz de la luna. Sin darme cuenta fui acercándome más al suelo del mirador hasta que me encontré apoyada en la barandilla de metal, mirando al frente, con el móvil en mi oreja, esperando una respuesta a mi llamada.

—¡Mena!, ¿estás bien? —respondió Adrián al otro lado de la línea telefónica.

—Sí, sí, ¡perdona! No me he dado cuenta de la hora que es —le dije sorprendida por haberle llamado de aquella forma tan inconsciente, sin darme cuenta de que lo hacía.

—Nena, me has dado un susto de muerte. Creí que sucedía algo. Ya estaba en la cama.

—¡Lo siento! —volví a disculparme—. Te echo en falta —le dije con voz entrecortada.

—¿Estás en casa? Te llamo mejor al fijo, te oigo fatal.

—No. Estoy fuera. Fui a visitar a papá. Pero..., pero...

—¿Qué?

—Me ha mentido. Está viviendo con el último lío que tuvo antes de que mamá se marchara a Egipto. Una tal Sara.

»Y tú, ¡tú también me has mentido! Me has engañado

durante años. ¿Por qué lo has hecho? No me lo merezco. Todos me habéis mentido. ¿Es que no os importo? —le espeté con rabia, llorando.

—¡Por favor! No te pongas así. Claro que me importas, y mucho, más de lo que crees y por ese motivo te he ocultado muchas cosas. ¡Jamás te he mentido! Tuve miedo a tu reacción. Es algo muy diferente, nena, mucho. Tranquilízate, estás alteradísima.

—¡Miedo a mi reacción! —exclamé indignada—, no me jodas, Adrián. ¡Por Dios! He sido la más imbécil de la familia. Me siento una estúpida. —Volví a llorar aún con más fuerza. Jadeando, sin poder hablar.

—¿Cómo lo has sabido? —me preguntó.

—Encontré una carta de tu pareja entre tus libros.

—No se lo habrás dicho a papá, no quiero que lo sepa aún. Dime, ¿estás sola?

—No, estoy con Remedios.

—Bien, tranquilízate. ¿Podemos hablar mañana desde un fijo? Me cuesta mucho entenderte. Mañana te llamo. ¿OK?

—Bien, hasta mañana —le respondí y colgué.

Nada más colgar a mi hermano, mi teléfono sonó. El número de la pantalla era el del móvil de mi madre que no había borrado de la memoria; había sido incapaz de hacerlo.

Aturdida lo descolgué e instintivamente dije:

—¿Mamá?

Entonces, como si fuese una respuesta, comenzó a sonar *That woman*, su canción. Cerré los ojos y me quedé dormida. Me despertó el ruido del agua en el baño. Remedios, mientras se duchaba, cantaba: *Y nos dieron las diez*, de Sabina. Me levanté y tropecé con la mesilla. El teléfono móvil cayó al suelo.

—Mena, ¿estás bien? —me preguntó desde la ducha.

—Sí, un poco resacosa —le dije, sintiendo pálpitos en mis sienes—, pero bien. Se ha caído el teléfono al suelo.

Ella siguió con su canturreo. Cogí el teléfono del suelo, coloqué la funda que se había desprendido por el porrazo e instintivamente miré el registro de llamadas entrantes. Lo hice con la esperanza de que la llamada de la noche anterior hubiera sido producto de un sueño, pero el número de mi madre estaba ahí. La llamada había entrado. Cerré los ojos y lo marqué. Una grabación de la compañía telefónica me informó de que el número al que estaba llamando no existía.

Remedios salió del baño. Llevaba el pelo suelto. Se secaba las puntas con la toalla del lavabo.

—No hay albornoz, y es un fallo. Un fallo garrafal porque la toalla de la ducha es ridícula. ¡Mírame! —exclamó, plantándose frente a mí—. Casi ni me da para cubrirme. Deben pensar que somos *Fraggel*.

»¿No me vas a preguntar qué tal lo pasé anoche? —dijo, sonriendo como una niña chica.

—Creo que no es necesario. Se te ve estupenda.

—Gonzalo es increíble. No me he reído más en mi vida —calló, miró mi mano y señaló el teléfono—. Me costó Dios y ayuda quitártelo. Hija, lo tenías agarrado con todas tus fuerzas. Me asusté. Dejaste la ventana abierta y estabas helada cuando subí. Arropada, pero como un témpano de hielo.

19

El curso del tiempo, su transcurrir, a veces, nos separa de la gente con la que hemos compartido nuestra vida. En algunas situaciones nosotros también ponemos de nuestra parte para que ese alejamiento se produzca. Dejamos de lado años de convivencia y convertimos el pasado en un juguete roto que desechamos sin remordimiento alguno.

La vida es una ruta con millones de estaciones y paradas. Repleta de apeaderos infinitos y solitarios. La vida es un hola o un adiós, pocas veces recoge la maravillosa súplica de un ¡quédate! o un, no temas, ¡siempre voy a estar aquí!

Después de la muerte de mi madre mi grupo de amistades se redujo. En el sepelio y durante el día anterior a su entierro no faltó nadie. Todos me consolaron, enjugaron mis lágrimas e intentaron llenar con su presencia el dolor que me provocaba su pérdida. Incluso hubo quien no se contuvo y me preguntó varias veces por los detalles más escabrosos, como si conocerlos fuese esencial, como si sus preguntas tuvieran un derecho de pernada siempre incomprensible e inhumano. Un mes después, cuando comenzaba a intentar retomar la normalidad, cuando más necesitaba a los que antes de la muerte de mi madre compartían vida contigo, comenzaron a faltar las llamadas. Se olvidaron de mí en las quedadas y dejaron de tenerme en cuenta en las listas de las fiestas. Poco a poco fui asimilando que mi cambio de vida, el poco tiempo del que disponía para salir y, tal vez, la tristeza existencial que me embargaba, les hacía evitarme. No querían que enturbiara su presente, que lo condicionase. Estaban en su derecho, todos soltamos lastre para poder seguir viviendo, no hay otra forma de seguir adelante. Me conformé porque lo entendía. Lo dejé estar sin una pizca de resentimiento, pero sí con una pena más añadida a mi desdicha, la de entender que me había equivocado de estación, que aquel apeadero no era el mío. Que ellos, dentro de mi vida, eran solo trashumantes. Comprendí que jamás había formado parte de su tribu. De todos ellos, y eran bastantes, solo permaneció a mi lado Amanda. Con ella había compartido muchas tardes antes de que mi madre se marchara a Egipto y cuando mi madre murió no hubo un solo día en el que no me llamase.

Vivía en un piso de veinte metros cuadrados, muy retirado de la facultad. Aquella habitación con vistas, como ella llamaba a su casa, estaba repleta de las figuras de arcilla que modelaba con sus manos, los jarrones y cuencos que hacía con el torno y los duendes de madera que tallaba con una destreza peculiar. Trabajaba en una tienda de ropa, una franquicia internacional de renombre, que la esclavizaba con un horario irregular de veinte horas semanales alternas en días y tramos. Aquel horario denigrante le impedía disponer de su tiempo, asiéndola a las necesidades caprichosas de la empresa que, de aquella manera, evitaba contratar a más personal. Era un contrato basura, o la porquería hecha contrato, como ella solía manifestar. El sueldo escaso, mísero y precario solo le llegaba para pagar el alquiler, el transporte y lo poco que comía. Los domingos que tenía libres, uno al mes, se establecía en el mercadillo cercano a su casa y vendía sus obras. Le caía bien a los municipales que hacían la vista gorda y nunca le solicitaban la licencia. Siempre hay gente buena, lo difícil es encontrarte con ella, solía decir cuando hablábamos sobre el tema. Pero aparte de que los agentes fuesen mejores o peores personas, más o menos responsables con su desafortunado trabajo, Amanda tenía una cualidad especial para hacer que la gente se sintiera bien a su lado, un halo de magia que embaucaba. Con las ventas del mercadillo cubría la compra de alguna ropa, sobre todo interior, porque el resto eran prendas que compraba o intercambiaba en las tiendas de segunda mano. Yo le pasaba algunas; teníamos la misma talla. Si el día había sido bueno en ventas, o en la tienda donde trabajaba alguien le había encargado una pieza para un regalo, hacía una compra de productos básicos.

Su casa estaba llena de velas, así evitaba un consumo excesivo de luz. En invierno algunas estaban encendidas sobre un plato, cubiertas por una maceta colocada bocabajo. Aquel invento caldeaba la casa con más precisión que cualquier radiador. Pasé muchos días en aquella habitación con vistas. Sentada en el suelo, sobre las alfombras desgastadas, rodeada de cojines enormes, con el olor del incienso siempre encendido, la música de Cat Stevens y su *Moonshadow* sonando, mientras el recuerdo de mi madre iba poco a poco haciéndose menos doloroso y más reconfortante. Resguardada por su sonrisa, vacía de caprichos, a falta de muchas necesidades pero llena de vida y ganas de luchar.

Nos graduamos, nos dijimos un hasta luego cargado de nostalgia. Un hasta siempre que se transformó en un hasta dentro de mucho tiempo, a pesar de habernos prometido no dejar de llamarnos y de vernos de vez en cuando. Tomamos el tren de la vida y nuestros apeaderos cambiaron de vía. Dejamos de compartir el mismo andén y nos subimos a trenes que tomaron direcciones opuestas y que nos alejaron poco a poco.

El día que mi padre me entregó las llaves del herbolario pensé en ella, en sus obras, en aquellos duendes de madera a los que sus manos dotaban de vida propia. Recordé cuando, en ocasiones muy especiales, echaba las cartas o esparcía las runas para algunos amigos. La imaginé en la tienda tras la mesa, barajando las cartas o esparciendo las runas mientras el humo del incienso de jazmín rozaba su pelo ondulado y taheño. Incluso vi sus duendes en las estanterías del local, como si hubiesen aparecido allí por arte de magia, con la etiqueta blanca y el precio escrito a bolígrafo, colgando esta de sus largos y huesudos pies. Aquella noche, al contemplar la colcha de ganchillo, volví a pensar en ella. Le gustaban tanto las labores de punto de aguja... Aquella sobrecama la volvería loca, me dije acariciándola. Después, por la mañana, al comprobar que el número del teléfono de mi madre figuraba en el registro de mi móvil, recordé lo que me dijo dos días después de que mi madre muriese:

—No se ha ido, aún no lo ha hecho, Mena. No lo hará hasta que tú no dejes que se marche. Tienes que dejar que su alma vuele. Es necesario que emprenda su camino, pero no podrá hacerlo si algo sigue atándola a esta vida material, y tú estás tirando de ella, por eso sientes su presencia de forma tan acusada.

Hacía algunos meses que no hablaba con ella, tal vez demasiados, pensé avergonzada. Aún conservaba el teléfono de su vecina en mi vieja agenda de papel de la que no me desprendía por si el teléfono móvil me jugaba una mala pasada y mi memoria se quedaba en blanco. Era probable que ya no residiera en aquella habitación con vistas, pensé, y me alegré imaginándola en una isla cualquiera, quizás en una de las islas griegas, tras un tenderete de mercadillo o en una pequeña tienda vendiendo su artesanía. Con sus hombros morenos, cubiertos de pecas como su rostro, con aquella sonrisa ancha y el brillo de luz de luna de sus ojos. «Ojalá —pensé— haya realizado el sueño de vivir de sus trabajos.»

—No has escuchado nada de lo que te he dicho —me recriminó Remedios, sacudiendo su pelo húmedo encima de mí como si las gotas de agua fueran a despabilarme, a sacarme de mi ensimismamiento—. ¿Qué es lo que te pasa con el teléfono? Parece que estés adherida a él. Te dormiste con él pegado a la mano y sigues en la misma posición. ¿Qué te sucede?

Borré la llamada que había registrada con el número de mi madre, preferí no comentarle nada a Remedios. Me levanté y saqué de mi mochila la agenda. Mientras lo hacía le dije:

—Ya sé quién va a ser la tercera bruja.

—La tercera bruja, ¿a qué te refieres?, no entiendo. ¿Qué me he perdido?

—No podemos abrir el herbolario solo las dos. Tenemos que ser tres, como lo erais vosotras. Y la casualidad o el destino ha encontrado a la que faltaba: la pelirroja —le dije entusiasmada—. Voy a llamarla. ¡Ojalá la encuentre! —dije eufórica.

Remedios dejó de secarse el pelo con la toalla. Había entendido lo que quería decirle. La miré fijamente, me acerqué a ella y le di un beso en la mejilla. Al hacerlo vi en sus ojos un brillo de tristeza. Aquello, los recuerdos que la asaltaban, fueron los que la enmudecieron durante unos minutos.

Tomé mi vieja agenda y busqué el número de Carmen, la vecina de Amanda. Salí al mirador y lo marqué bajo la mirada atenta e incrédula de Remedios que permanecía clavada en mis pies.

—¿Qué? —le inquirí.

—Nada, nada, es que me alegra ver que ya no tienes vértigo —dijo, volviendo a mirar mis pies, situados al lado de la barandilla, casi pegados a ella—. Voy a terminar de secarme el pelo. He quedado con Gonzalo en media hora para desayunar los tres. Antes de bajar quiero que me cuentes esos planes maravillosos que tienes entre manos, porque deben ser estupendos, no hay más que ver tu sonrisa. —Hizo una pausa como si estuviera pensando hablar o callar. Finalmente se dio la vuelta y dijo—: ¿Sabes?, anoche soñé con Sheela —lo comentó con la voz entrecortada.

Levanté la mano indicándole que esperase y contesté a la voz que me inquiría desde el otro lado del teléfono.

—Hola, soy Mena, ¿eres Carmen?

—Mena, ¡cuánto tiempo sin saber de ti!, ¿cómo estás?

—Bien, y tú, ¿qué tal andas?

—Pues ya ves, hija, como siempre y dando gracias a Dios de no ir a peor. Dime.

—Llamaba para hablar con Amanda, ¿puedes darle un toque?

Hubo un silencio que me intranquilizó.

—No está. Hace tiempo que se fue de aquí. Tuvo problemas. Estuvo muy mal. No quiso que te llamase, pero yo te llamé, Mena. Tu teléfono... —dijo con la voz entrecortada—, debí apuntarlo mal o cambiaste de número porque siempre respondía un hombre que me aseguraba que ese número era suyo, que me había equivocado.

—Sí, lo cambié. ¿Qué ha pasado?, ¿está bien? —pregunté angustiada.

—Sí, sí, ahora está bien, pero lo pasó fatal. Su novio le dio una paliza, casi la mata. Tuvo que marcharse.

—¿Dónde está?, ¿lo sabes?

—Sí, tengo su teléfono. Está con sus padres, en el pueblo. Ya sabes que no quería volver allí pero no tuvo más remedio que irse. Estaba embarazada y perdió al bebé. Él está detenido, pero eso no le daba ninguna seguridad, ninguna, créeme. Está loco, obsesionado con ella...

Cuando colgué me acerqué al baño y le pregunté a Remedios:

—Dime, ¿qué sueño fue el que tuviste anoche?

—Sheela señalaba la mesa del herbolario donde echaba las cartas y esparcía las runas. Sobre el tablero había varios duendes tallados en madera. Eran unas figuras muy especiales, delgadas y con unos pies de dedos largos y esqueléticos. No dijo nada, solo los señaló. Después levantó su mano, me dijo adiós y salió del herbolario. Se perdió en la calle. Me impresionó la forma en que lo hizo, fue como si se fuera para siempre. No sé si me explico, me pareció que se iba de verdad, como si no lo hubiera hecho del todo hasta ese momento...

20

Desayunamos los tres en la terraza de la pensión, en el mismo lugar en el que, la noche anterior, Gonzalo hizo la queimada y pronunció aquel maravilloso conjuro en *galego* que dejó en mí una sensación extraña y etérea de seguridad. Escuchándole sentí como si después de sus palabras ya no fuese a pasar nada malo, al menos durante un tiempo. Aquellos párrafos mágicos parecieron construir una barrera invisible que nos protegía contra los malos augurios.

Antes de sentarme a la mesa, situada cerca del acantilado pude contemplar, desde una distancia razonable, la pronunciada pendiente. El precipicio, iluminado por los rayos del sol, me pareció más escarpado, más inhóspito y aún más bello de lo que era al atardecer, cuando lo vi por primera vez. Gonzalo y Remedios, después de terminar el desayuno, se levantaron de la mesa y se situaron al borde, apoyados en la barandilla de madera construida con troncos gruesos. La valla rodeaba el jardín trasero de la pensión formando un mirador que, para mí, aparentaba ser seguro, solo lo aparentaba.

—¡Ven! —dijo Remedios estirando su mano, indicándome que me aproximase a ella—, no puedes perderte este paisaje. ¡Sería un pecado mortal!

—He visto el abismo sobre el que estamos al llegar. No quiero que se me revuelva el estómago, que me dé una marejada gástrica...

Hablaban bajito, con sus brazos apoyados en la barandilla. Sus hombros se rozaban. Estaban de espaldas a mí. Fumaban un cigarrillo a medias, como dos adolescentes o como lo hacen las parejas enamoradas. Se pasaban el pitillo calada tras calada de uno a otro sin darse la vuelta, sin dejar de mirar hacia el mar. Sus ojos se perdían en aquel horizonte azul que les había unido por casualidad o, tal vez, con premeditación y alevosía. Ella llevaba el pelo suelto y la brisa del mar lo elevaba y desplazaba hacia atrás dejando, de vez en cuando, su cuello al descubierto, como si este estuviera jugando al escondite tras la melena rubia y ligeramente ondulada. Gonzalo, de soslayo, miraba el cuello de Remedios cada vez que el viento lo descubría. Lo hacía sin poder ocultar el deseo que asomaba en sus ojos y los abrillantaba haciendo que el verde hoja de sus iris fuese aún más fuerte. Pensé que se moría de ganas por besar la nuca de Remedios y sonreí con malicia. Tenía butaca de patio, en primera fila. Aquel lugar, estratégico, me permitía adelantarme al guion de la obra. Escuchaba hasta la voz del apuntador que me soplaba bajito y ladino: «¡el posadero se ha encoñado!». Y yo, en cierto modo, divertida, respondía: «¡pobre!, no sabe dónde se está metiendo».

Remedios llevaba puestos unos *shorts* que solo sus delgadas y largas piernas junto a sus glúteos firmes podían soportar sin hacer el ridículo más espantoso. La camisa blanca de algodón, ancha y casi transparente, dejaba entrever la parte de arriba del biquini rojo coral y marcaba el contorno de sus pechos, que, como afirmaba mi madre, eran unos implantes perfectos. Endiabladamente perfectos para el pobre Gonzalo que sufría cuando ella se le acercaba demasiado y le rozaba. Remedios le sonreía con cierta malicia, como si supiera el desasosiego que estaba produciendo aquel roce en Gonzalo.

Siempre había sido una mujer bella, extraordinaria y bella, pensé mientras escuchaba su risa que en aquel momento me pareció diferente. Tuve la sensación de que Remedios había vuelto a encontrarse en los ojos de Gonzalo, en aquel lugar ajeno a su rutina, alejado del tedio y la monotonía en la que se había convertido su vida en los últimos años. No tenía claro si realmente se sentía atraída por él o necesitaba aquel respiro, aquella bocanada de aire fresco que, era probable, le permitiría recobrar la seguridad en sí misma, aquella que me confesó hacía tiempo que había perdido.

—¡Anímate! —dijo Gonzalo, dándose la vuelta—. Lo pasarás genial. ¡Vente con nosotros!

—Prefiero hablar con tu hermana. ¿Recuerdas?, quiero hacerme con la colcha de ganchillo...

»¡Gonzalo! —grité cuando él estaba arrancando la moto—, no sé dónde pensabas meterme. A no ser que tengas el sidecar desmontado en el garaje —le dije con cierta socarronería y señalé con mi mano la vespino.

Remedios me miró e hizo un gesto desaprobatorio. Fue tan explícita que me pareció escuchar: «un poquito de por favor, ¡eh!».

—Habríamos ido en coche —explicó él. Miró la entrada de la pensión donde estaba estacionado un jeep y lo señaló—. Mi hermana tiene las llaves, puedes cogerlo si vas a darte una vuelta por el pueblo. Te será más útil y apropiado que el tuyo para circular por las calles que tenemos aquí.

—Nos vemos a mediodía —dijo Remedios, atándose un

pañuelo estampado en tonos naranjas, rojos y verdes a la cabeza y sujetando su pelo con él—. No olvides que no me llevo el móvil, necesito desconectar —apostilló como si fuese una ejecutiva estresada.

Sonreí.

—¿Y si te llama Jorge? —apunté.

—Si no le respondo, te llamará a ti —dijo, guiñándome su ojo derecho con una perfección que me sorprendió.

Les vi alejarse de la pensión por aquella comarcal de negro asfalto y curvas endiabladas que parecían querer escupir a todos los vehículos sobre los verdes prados, sacarlos del recorrido. El ruido del motor era tan peculiar y hermoso como su diseño. Llevaban los aperos de pesca atados al transportín. Daba la sensación de que en cualquier momento estos fueran a desprenderse y caer.

Antes de tomar la última curva en donde ya se perdía de vista la carretera desde la pensión, Remedios soltó su mano izquierda de la cintura de Gonzalo y dijo adiós sin mirar hacia atrás. Él tocó la bocina en señal de despedida y yo pensé: «¡Ojalá se acueste con él! Le hace tanta falta volver a sentirse mujer.» El sonido de un WhatsApp de Jorge entrando en mi móvil me sobresaltó:

«¿Cómo andáis? Mi madre no coge el teléfono, imagino que estará durmiendo. ¿Puedo llamarte?»

Le respondí:

«Está bien. Duerme. Nos acostamos tarde. Te llamo luego. Ahora estoy haciendo unas compras en el pueblo.»

Me moría de ganas por hablar con él aunque fuese del sexo de los ángeles. Pero... no podía hacerlo. Remedios no estaba conmigo, se había ido con Gonzalo. Si llamaba, Jorge se daría cuenta de que algo pasaba.

Me estaba convirtiendo en una mala persona, pensé cerrando la tapa de la funda del teléfono móvil. Deseaba con toda mi alma que Remedios viviera una historia de amor con Gonzalo, que se dejara estar. «¡No! —me rectifiqué—, ¡qué narices!, soy su amiga y la quiero. La quiero con toda mi alma. Quiero que sea feliz. El resto me importa un comino.»

21

Se me escaparon los minutos y las horas. Se fueron yendo entre las calles empedradas, de empinadas cuestas, llenas de esquinas dignas de ser protagonistas del mejor óleo. Mis pensamientos marcharon tras los portones y la ropa tendida al aire, sobre las sábanas blancas y los poyetes ocupados por ancianas enlutadas, encanecidas, de piel limpia y ojos tristes. Detrás de algunos de los niños que pedaleaban en sus bicicletas de colores, anunciando entre risas y timbrazos que el verano había llegado a sus vidas. Mirando el vuelo de varias cometas que parecían revolotear como si su cuerpo no estuviera hecho de hilo y papel, como si aquel cielo inmenso y azul fuera solo suyo. Siguiendo el olor del pan recién horneado que me llevó a la tahona. Pensando en aquel tipo de vida, sosegada, de horas habitadas por la calma, donde la prisa era un insulto, una característica impropia de la vida.

Me senté en el poyete de piedra que tenía una de las casas situada frente a la panadería. Me descalcé y froté mis pies doloridos por la caminata desde la pensión. Aspiré el aire limpio y fresco mientras observaba las verduras y hortalizas que había en cajones de madera en la puerta de una de las casas, y recordé a mi madre cuando decía que algún día volvería al pueblo, con mi abuela. A la huerta y al ganado. A los días sin más horario que la salida o la puesta del sol. A los atardeceres apacibles, a la lumbre en la chimenea y el crepitar de las ascuas en invierno.

—Estas calles no están hechas para ese calzado de suela blanda —dijo mirando mis pies—. Si sigue caminando mucho tiempo con él, terminará con las plantas de los pies destrozadas.

—Ya las tengo. Llevo todos y cada uno de los pedernales clavados en mis talones —respondí, mirando a la panadera que me había estado observando desde dentro de la tienda.

—Ya lo veo —dijo, sonriendo con sus rollizos brazos en jarra, con sus manos sobre la falda enlutada.

—Me manda Adelaida, la regenta de la pensión La casita blanca. Estoy interesada en las colchas de ganchillo que hace su madre. Me gustaría, si es posible, comprarle alguna.

—¡Ay Dios!, esta Adelaida, siempre igual —exclamó con expresión contrariada—. Hace tiempo que mi madre no hace labores. Apenas tiene vista. ¡Lo siento mucho! Creo que Adelaida se ha querido deshacer de usted mandándola aquí. Estoy segura de que no lo hizo con maldad. Si la entretuvo en sus quehaceres buscó la manera de que no la retrasara más de lo necesario y la mandó a mi casa.

—Estoy alojada en la pensión y vi las colchas de su madre. Me gustaría comprarle una para mi tienda. Es un herbolario que abriré en septiembre y quedaría preciosa a modo de tapiz en la pared. Le pedí a Adelaida que me vendiese una de las que tiene, pero se negó. Dijo que le descabalaría todo porque tiene las justas, ni tan siquiera de quita y pon.

»Tiene razón, la noté incómoda con mi conversación. No dejó de moverse, recogiendo cosas mientras yo la perseguía preguntándole. Creí que le desagradaba mi presencia. Incluso le pedí disculpas por entretenerla.

—Ya le digo, no es que sea mala persona, tan solo es obsesiva y muy milimetrada. Aquí la llamamos doña Perfecta, como la de Galdós.

—Anita, ¿quién es la joven con la que hablas? —preguntó una voz desde dentro del local, entre la penumbra.

—Pero, madre, le tengo dicho que no se levante sola, que se puede caer —recriminó Anita, dándose la vuelta, y cogió a su madre por uno de sus brazos.

Era una mujer pequeña y chupada. Enlutada de los pies a la cabeza. Tenía los ojos azules y rasgados. De un azul añil que tiempo atrás, de seguro, fueron un quitasueños para más de un mozo del pueblo. Los dedos de sus manos eran como los duendes que tallaba Amanda.

—Acércate, jovencita —dijo extendiendo su mano izquierda hacia mí. La derecha estaba apoyada en un bastón—. Deja que te vea de cerca.

Me aproximé a ella.

—Ha venido a comprarle una de sus colchas, pero ya le dije que usted hace tiempo que no labora.

—Fui una de las mejores encajeras de Camariñas. Se lo ha dicho mi hija, ¿verdad?

—La mandó Adelaida. Vio una de sus colchas en la pensión y quiso comprarla —dijo la hija, pegando sus labios a la oreja de la madre.

—Conservo una desde hace tiempo. Era de mi cama de matrimonio. La tuve puesta hasta hace unos meses. La quité hace poco, cuando vino esa mujer de la capital. Me dijo que la guardase, que su hija vendría y me la compraría. Ella no podía llevársela en aquel momento. ¿Es usted su hija?

—No, madre, ella no es la hija de esa señora. Ya le dije que no regresaría. Discúlpela —dijo mirándome—, son ya noventa y dos años y confunde muchas cosas. La demencia es terrible —concluyó bajito para que la madre no la escuchase.

—No me trates como si estuviera senil. ¿No ves que la rapaza es igual que ella? ¡Anda! Ve a por la colcha. Está encima del armario de padre —dijo en tono imperativo, dirigiéndose a su hija.

—Lo sé, madre, ya sé dónde está —respondió Anita, caminando hacia la tahona—, la saco casi todas las semanas esperando a la hija de esa mujer —concluyó, moviendo su cabeza de un lado a otro en un gesto que indicaba paciencia.

La anciana, cuando Anita entró en la tienda, se agarró a mi brazo y me pidió que la ayudase a llegar hasta el poyete. Permanecimos unos minutos sentadas, en silencio, hasta que Anita salió con la colcha en sus manos.

—Hija, ¿dónde te has metido?, llevo esperándote un buen rato. Ya estaba preocupada. Dije: esta criatura se me ha perdido. Pensé que ya no me iba a dar tiempo a abrir la tahona —dijo la anciana cuando su hija me entregó la colcha.

—He ido a por la colcha. Me mandó usted —respondió Anita a su madre, siguiéndole la corriente al tiempo que me hacía un gesto cómplice.

—Sí, sí, lo sé, mira que te pones pesada. Lo recuerdo perfectamente —respondió la anciana—. Esta es la colcha que quería tu madre —dijo extendiéndola sobre sus piernas. Mirándome fijamente con una sonrisa cálida en sus labios—. Es preciosa, ¿verdad? Es la primera que confeccioné. Era de mi ajuar. Antes lo hacíamos todas. Íbamos cosiendo o tejiendo todo lo que necesitábamos para llevar una buena dote. Ahora, como os rejuntáis, no tenéis que cumplir con esos menesteres. Todo es más sencillo.

—Pero... —dije con la voz entrecortada—, si es la de su ajuar no puedo comprársela —y miré a Anita con cierto reparo, casi avergonzada—, es un tesoro. Debería ser para su hija —le dije, acariciando su mano derecha y mirándola.

—¡Cómo voy a vendértela, hija mía! Te la regalo —respondió, convencida la anciana.

—Te hemos buscado por todo el pueblo —dijo Remedios que llegaba con Gonzalo—, podías haber dejado una nota diciendo que venías a la panadería. Adelaida no tenía ni idea de adónde habías ido.

Menos mal que Adelaida, la hermana de Gonzalo, según dijo la panadera, era buena persona, pensé molesta.

—¡Por Dios!, ¡qué bonita! —exclamó Remedios, quitándome la colcha de las manos.

—Sí que lo es —respondí—. La pondremos en la pared frontal del herbolario.

—¡Joven! —me inquirió la anciana que se había levantado del banco sin prestar atención a Remedios y caminaba ayudada de su hija hacia la tahona—, te espero mañana. No puedes irte sin ver el pueblo bien. Nadie mejor que yo para enseñártelo. Iremos despacito, pero verás cómo te merece la pena...

Dicen que cuando estamos próximos a dejar este mundo tenemos una conexión inusual con el otro, que las visiones se acentúan, que somos más receptivos. Tal vez fue lo que le sucedió a ella. Murió dos días después. Su corazón dejó de latir mientras dormía, arropada por una colcha igual a la que me había regalado a mí.

22

Me habría quedado en aquel pueblo para siempre, lejos del futuro incierto, de los recuerdos que quemaban mi alma. De la mirada mentirosa de mi padre, de las palabras esquivas de mi hermano, de la añoranza de mi madre, de la necesidad de volver a sentir sus abrazos rodeándome o sus dedos sobre mis mejillas secando mis lágrimas. Me habría escondido en el hueco del tronco de esos árboles que se abren como brazos y esperaría paciente, inamovible, a que el tiempo pasara por mi lado sin verme. Contemplaría cómo la vida se abría paso alrededor sin rozarme, hasta que el sueño de mi infancia, ver un gnomo diminuto vestido de verde hoja, de orejas grandes y nariz larga, se hiciera realidad permitiéndome creer en la magia. Entonces, tal vez, podría dejar de lado la realidad que me asfixiaba. Lograría ser uno de ellos, de aquellas criaturas invisibles que pueblan los bosques y desecharía el tipo de vida vieja y sinsentido al que nos han habituado. Pero, aunque me hacía falta aquel cambio de rumbo, romper con todo, no tenía valor para hacerlo, al menos en aquel momento. Me sobraban las ganas, el deseo, pero este muchas veces está lleno de cobardía.

A pesar de que Anita, la hija de la tahonera, insistió en que no hacía falta que regresara al día siguiente yo quise hacerlo. Aquella mujer enlutada, fina como una rama de sauce, me había enternecido. Había algo especial en sus ojos, en su mirada, también en el tono que, en momentos determinados de lucidez, adoptaba su voz. La colcha no era la primera que tejieron sus manos, tampoco perteneció a su ajuar, como me hizo saber su hija, pero sí era de las primeras que confeccionó. Y, aunque quise pagársela a su hija, ella también se negó a coger el dinero que le ofrecía por ella.

—Mi madre lleva varios meses obsesionada con esta colcha —me dijo antes de que Remedios y Gonzalo llegasen a la tahona después de buscarme por el pueblo—. No sé si la mujer de la que habla es parte de las alucinaciones que ya sufre por su demencia. Aunque, la verdad, eso es lo de menos. Lo que sí tengo claro es que ella la ha elegido a usted y eso debe de ser por algo. Solo le pido que la cuide como si fuera una dote, su dote...

Remedios y Gonzalo no pusieron objeciones a mi escapada de la mano de la anciana que me acompañaría por el pueblo, enseñándome los lugares más emblemáticos y mágicos de él. Les gustó aquella idea que les daba tiempo para sus escapadas sin que yo estuviera presente en aquellos momentos que necesitaban compartir a solas. En aquellos instantes en los que yo podía ser el timbre que suena a deshora rompiendo el hechizo que, de seguro, les había unido.

Pasé dos maravillosos días con ella agarrada a mi brazo, recorriendo las calles empedradas, las sombras de los poyetes, los comercios antiguos, los rincones en donde se ocultaban historias de amor y brujas, de leyendas milenarias transmitidas de padres a hijos. Conocí a muchos de sus habitantes y pude comprobar que la vejez en un pueblo no es la misma vejez que en una capital. Allí nadie se pierde en sus calles. Siempre hay una mano tendida que te lleva del pasado al presente sin que te des cuenta de que has divagado, de que te has perdido en tus recuerdos. Cualquiera se convierte en el marido fallecido tiempo atrás, o en el hijo perdido. Nadie se ruboriza, ni se escandaliza, ni pierde los nervios porque ella le llame igual que a ellos, porque les confunda o les llore. Cuando el olvido llegaba, la devolvían con sus palabras y sus gestos afables al presente, no sin antes abrazarla o consolarla como si fuese una niña perdida en el bosque al atardecer. En aquellas calles, en aquellas gentes, no habitaba la prisa, ni la indiferencia, ni los servicios de emergencia que, en la ciudad, en la gran urbe, intentan atenuar con medicamentos el dolor del alma sin conseguirlo. Entre aquellas gentes buenas, solo había conocimiento, paciencia y comprensión. La civilización o el progreso aún no les había arrancado la humanidad porque sus calles seguían siendo las mismas. Sus gentes también.

—Este es un buen lugar para envejecer —me dijo el día antes de morir—, ¿no crees, Mena? —Asentí con un movimiento de mi cabeza y con la mirada triste—. Aquí no me pierdo nunca, siempre encuentro a alguien que me conoce y me devuelve a casa. —La abracé llevada por un sentimiento extraño de cariño.

»Tú vivirás aquí. Cuando lo hagas, cuando vuelvas, quiero que visites mi tumba, me gustará mucho volver a verte, saber que te acuerdas de mí. No olvides dejar sobre mi lápida un puñado de castañas el día de Todos los Santos, son para las almas nuevas...

Dos días después asistí a su entierro. Lo hice alejada del cortejo fúnebre. Cuando todos se marcharon me acerqué a la lápida y le prometí que si algún día regresaba al pueblo volvería a visitarla con un puñado de castañas en mi mano.

Permanecí en el camposanto de pie y en silencio frente

a la lápida de la anciana después de que todos se marchasen. Lo hice hasta que el sepulturero se acercó a mí y poniendo su mano sobre mi hombro derecho, amablemente, me indicó que era mediodía y se disponía a cerrar.

Arrastré el dedo sobre la superficie del teléfono móvil cuando sonó. Lo hice sin mirar el número en la pantalla. Creí que sería Remedios para azuzarme, estaba tardando demasiado en regresar.

—¿Mena?

—Sí, ¿quién es? —inquirí al no reconocer la voz.

—Soy Amanda —dijo a través del auricular—. Carmen me ha dicho que llamaste. ¡Qué alegría, brujita! ¿Cómo estás?

—¡Amanda! —exclamé sorprendida—. Tenemos que vernos. Estoy con Remedios, la amiga de mi madre. He pensado pasarme por casa de tus padres a verte, con ella, con Remedios. Si te parece bien. Estamos de vacaciones por Galicia. Aún nos quedan unos días libres y me gustaría verte. Tengo algo que proponerte.

—¡Por favor!, ¿cómo puedes pensar que tenga algún inconveniente en que vengáis? Te eché en falta. También tengo muchas ganas de verte, ni te imaginas cuántas. Y... mucho que contarte —puntualizó en un tono profundo. Sus últimas palabras me parecieron un eco venido de lejos.

—¿Sigues echando las cartas y haciendo esos maravillosos duendes de madera? —le pregunté.

—Por supuesto, aunque de poco me sirve ahora. Estoy rodeada de paja y ganado. Necesito una de chapa y pintura, como tú dices. Si me vieses no me reconocerías. Creo que, si sigo aquí, perderé hasta el color zanahoria de mi pelo. Necesito una buena dosis de actualidad y varias copas de vodka. Estáis tardando en venir...

23

Se tumbó desnuda sobre Gonzalo mientras él dormitaba. Apoyó su cabeza en el pecho de él. Cerró los ojos y, mirando hacia la ventana abierta por donde se colaba el sonido y la brisa del mar, se dejó estar unos instantes como una muñeca de cera, sin más movimiento que el de su respiración. Sintió, llena del placer satisfecho, la respiración placentera de él en sus senos, aquel ir y venir suave de su pecho bajo ella. Fue y vino varias veces entre los recuerdos, la necesidad de sentir y el remordimiento que le producía aquella forma tan inusual que había tenido de perderse entre los brazos de Gonzalo. Entrelazó sus pies con los de él, como si estos fuesen las raíces de un árbol que por fin encuentra parte de la tierra prometida. Y suspiró al hacerlo. Le acarició la frente, pasó los dedos entre su pelo y besó sus párpados. Transcurridos unos minutos se incorporó en silencio y lo miró deleitándose en su calma. En aquel duermevela varonil impregnado de sexo y vida. Contempló su cuerpo desnudo, de piel morena, sobre las sábanas blancas de algodón, y cerró los ojos con fuerza, como si pensase que aquello era un sueño y quisiera comprobar que al volver a abrirlos él aún seguiría allí. Se acercó de nuevo, de puntillas, silenciosa y olió su piel curtida como si quisiera bebérsela. Al hacerlo rememoró aquel escarceo que tanto le había dado. Miró el reloj y comprobó que era una hora tardía. Se había ausentado toda la noche y yo debía estar preocupada, pensó. Antes de recoger su ropa, extraviada en varios rincones del dormitorio, volvió a él como un barco a la deriva vuelve a la playa o al muelle buscando a su capitán, anhelando las viejas y sabias manos que lo recompongan para poder volver a navegar. Lo hizo como si aquella fuese la última vez, incluso tarareó un bolero, despacito y a media voz. Al hacerlo dos lágrimas tontas, románticas y pequeñas recorrieron sus mejillas como si ellas fueran el pañuelo blanco en una estación, como si le estuvieran diciendo un adiós indeseado pero inevitable. Besó sus labios sin esperar respuesta, estaba acostumbrada a aquella soledad después de hacer el amor, pero Gonzalo, aunque no abrió los ojos, respondió a la tenue caricia de los labios de Remedios. Fue un beso dormido, suave y anónimo. Un roce que volvió a erizarle el vello y la hizo sonreír tímidamente. Tal vez el mismo que ella había esperado durante diecinueve días y quinientas noches de su marido, pero su esposo hacía años que solo decía hola y adiós. Un nudo seco y profundo apretó su pecho, entorpeció su respiración y estrechó su garganta. Encogida por dentro, atrapada por los sentimientos encontrados, se abrazó a Gonzalo que sin abrir los ojos la abrazó al tiempo que acariciaba su melena revuelta.

—Todo está bien, demasiado bien. Eso es lo único que puede asustarte —le dijo Gonzalo—. Por el momento intenta no pensar. Para ser feliz es necesario no pensar demasiado. Ve con Mena. Nos vemos en una hora para el desayuno...

Lloraba, no sé bien si de alegría, miedo o inseguridad,

tal vez era un todo a la vez. Su llanto era constante y agudo. A medida que las lágrimas caían sus expresiones tomaban una belleza serena y extraña, como si con cada una de ellas se estuviera desprendiendo de un peso lejano y antiguo que encorvaba su alma. Tardé varios minutos en lograr que se calmase y me contara lo que le sucedía, que me relatase la maravillosa noche de vino, velas y rosas que había pasado con Gonzalo. Aquel revuelo de sentimientos que le hacía llorar y reír al tiempo.

—Me he enamorado de él, Mena. Y no puede ser, no puedo permitírmelo, ¡no puedo! —exclamó hipando.

—Le has puesto los cuernos al infiel de tu marido —le respondí acercándome a ella y abrazándola—, y te ha gustado. Juraría que te ha gustado muchísimo. Es estupendo. No veo el motivo del disgusto que tienes —apunté.

—¿Tú crees?

—Pienso que debes hacer lo que Gonzalo te ha dicho: no pensar demasiado. Ya sabes que pensar no es bueno —le dije, guiñándole un ojo y limpiándole las mejillas aún húmedas con mi mano—. ¡Déjate llevar! Ya va siendo hora de que lo hagas.

La dejé bajo el agua de la ducha cantando *La casita blanca*, de Joan Manuel Serrat, con aquella voz maravillosa que arañaba el corazón, y me marché al entierro de la tahonera.

Dejarse llevar, pensé, mientras recorría las calles empedradas camino del camposanto, recordando lo que le había dicho a Remedios para atenuar su angustia momentos antes. Tal vez era lo que yo debía hacer, dejarme llevar. Llamar a Jorge y decirle lo mucho que me gustaba su forma de mirarme, de hablarme... Las inmensas ganas que tenía de acostarme con él, de sentirle sobre mí. Recoger cuatro cosas, vender el herbolario y perderme en un pueblo como aquel sin dar santo y seña a nadie. Pero... dar consejos es fácil, la vida se ve más fácil desde la barrera, protegida por las tablas. Lejos del ruedo.

Cuando regresé del entierro Remedios y Gonzalo me esperaban sentados en la terraza del bar. Ella reía en respuesta a los comentarios que Gonzalo le hacía al oído. Les miré y sonreí. Pensé que tal vez aquello, su historia, retrasaría nuestro regreso unos días más. Incluso sopesé la idea de que ella permaneciera más tiempo en el pueblo con Gonzalo y yo tuviese que regresar sola. No me importó. Remedios se merecía seguir sintiéndose de aquella forma: feliz y deseada. Daba igual si él sentía lo mismo, si aquello era una historia pasajera, lo importante era lo que ella sentía en aquel momento, lo que estaba viviendo.

—Le he comentado a Reme que deberíais quedaros más días. Al menos una semana más. Si es así, yo podría acompañaros en el regreso —me comentó al tiempo que separaba una de las sillas para que yo tomase asiento junto a Remedios.

—No es decisión mía —le dije, mirando a Remedios a la espera de su respuesta.

—Ya le he dicho que eso es imposible, tenemos una apertura pendiente —dijo ella, mirándome como si yo fuese el cabo de la cuerda al que agarrarse para que el agua no la ahogase.

—Sí, es cierto. Tenemos que poner en marcha el herbolario. Retrasar la vuelta sería también demorar su apertura.

El teléfono de Remedios sonó y ella se levantó para atender la llamada de Jorge. Gonzalo y yo nos quedamos a solas en la mesa mientras ella paseaba buscando un lugar donde la cobertura fuese mejor.

—¡Mena! —exclamó Gonzalo.

—Una cerveza —dije instintivamente, ¿o no? No, no

fue instintivo, fue una evasiva para impedir que él dijese lo que imaginaba que iba a decir.

—No pienso dejar que se me escape. Me gusta demasiado. Iré tras ella donde haga falta. Quiero que lo sepas. Me importa un carajo que esté casada.

Y calló porque Remedios ya estaba a su lado, cerrando el teléfono móvil.

—Era Jorge —dijo, sentándose—. Me ha dicho que te mandó un WhatsApp anoche y que no le has respondido. Estaba preocupado. Ya le he dicho que la cobertura aquí es mala —apostilló, haciendo un gesto de complicidad—. Escríbele algo, ¡anda!, que si no me va a estar dando la vara a mí todo el día.

»¿Qué vamos a pedir?, a mí me apetece mucho un pulpo y unas ostras —inquirió con la carta en las manos y poniéndose las gafas nos miró de reojo, como si hubiera estado escuchando las palabras de Gonzalo mientras ella hablaba con Jorge.

Abrí mi teléfono bajo la mirada de Gonzalo, que no me había perdido de vista, y leí el WhatsApp de Jorge. Al hacerlo comprobé que, o Remedios me había mentido, o Jorge le había mentido a su madre porque terminaba de mandármelo.

«Dime, ¿qué demonios le pasa a mi madre? Está rarísima.»

«Se ha enamorado», escribí adjuntando un icono de una carita feliz, pero no se lo mandé. Borré el texto y en su lugar puse:

«Está bien, no te preocupes. Te la devolveré en breve sana y salva. Un beso con sabor a mar...»

24

Llovía, con fuerza. El agua resbalaba por la carrocería del coche, llevándose el polvo que se había acumulado sobre la chapa durante los días que permaneció aparcado en el estacionamiento de la pensión. En aquella casita blanca, en aquel abrevadero tranquilo y romántico al que habían bautizado con el mismo nombre que la canción de Joan Manuel Serrat. En aquella pensión de citas cuya actividad conocían todos en el pueblo y que nosotros no percibimos. Allí, en aquel apeadero, el amor se hizo dueño y señor de mi amiga y anidó como un pájaro en busca de una primavera tardía. En su terraza de sábana inquieta, entre sus paredes encaladas de besos, tan bravos como el mar que arropaba sus jadeos, en aquel espejo de pie viejo y desconchado, que renació con el reflejo de ella desnuda tomando el cristal sin pudor, dejándose contemplar por Gonzalo, Remedios volvió a sentirse libre. Libre, hermosa y mujer. Llovía, y lo hacía como lo hizo en muchos de los días importantes en la vida de mi madre. Fue como si ella nos estuviera viendo y quisiera que el agua acariciase nuestros sentidos y empapase nuestra piel, recordándonos con su sonido melancólico y vital que éramos mujeres de agua. Debíamos abrir nuestros paraguas rojos y protegernos. Remedios debía protegerse de aquel amor tan imprevisible y peligroso como la mar que, embravecida, parecía reprendernos por marchar de allí. Tal vez, ella, la mar, se había hecho a nuestra presencia y le dolía, como a Gonzalo, nuestra marcha.

Me despedí de él con un beso en la mejilla. Al hacerlo pegué mis labios a su oreja y le dije bajito:

—Eres un donjuán, pero me caes bien. A pesar de ello, no te confíes, no pienso perderte de vista.

Él sonrió, me miró con aquellos ojos de invierno, donde cobijarte era tan fácil como peligroso y cogiendo la mano de Remedios me dijo:

—¡Cuídamela!, no olvides que te vigilo de cerca. —Guiñó su ojo derecho al decirlo.

«Será cabrito, le gusta quedar en tablas», pensé. Le sonreí a medias y él me abrazó con fuerza. Olía a vida, a ganas y duermevela. Yo también le caía bien y eso no era bueno, me dije. No lo era porque nos parecíamos demasiado. Si no me fiaba de mí misma, cómo me iba a fiar de él. Me dirigí al coche dejándoles a solas. Me senté al volante, arranqué el motor y conecté la radio. Los limpiaparabrisas iban y venían como mis recuerdos, como aquel romanticismo tonto e inoportuno que me asaltó y se acentuó con la música y el ruido que la lluvia producía sobre la carrocería del coche. Con las gotas de agua que resbalaban melancólicas y bellas sobre el cristal delantero. Pensaba en Jorge. Sonaba *Cuando nadie me ve*, de Alejandro Sanz: «A veces me elevo, doy mil volteretas, a veces me encierro tras puertas abiertas...» Tras cada estrofa de la canción mi pecho se encogía y mis pensamientos me llevaban a él, a sus gestos, a su mirada...

La lluvia arreció. Saqué el paraguas del maletero y fui

hacia Remedios que permanecía junto a Gonzalo bajo el porche de la entrada de la pensión. Ambos se miraban en silencio. De vez en cuando él le acariciaba los labios con la yema de sus dedos. Era un movimiento suave, como si sus dedos fuesen un pincel con el que estuviera delimitando el contorno de su boca. La miraba como un pintor que contempla el dibujo sobre el lienzo y le da la última pincelada con pena, con los sentimientos encontrados que produce el término de algo hermoso, la pérdida de esa sensación que posee lo inacabado, lo que aún puede perfeccionarse más y por ende vivirse por más tiempo. Pero su obra se va de él. Se escapa con otro, a otra pared, a otros brazos, a dejarse contemplar por otros ojos.

Abrí el paraguas, les miré y recordé una frase que había leído en la novela *As de corazones*: «El amor es una putada maravillosa, pero putada a fin de cuentas.» Qué razón tenía el personaje, o la autora, me dije.

Gonzalo levantó su mano y me indicó con su gesto que me detuviese. Entró en la pensión y sacó un paquete alargado. Se lo dio a Remedios. Esta lo abrió. Le besó y le susurró algo que no pude escuchar. Me miró sonriendo y ambos se cubrieron bajo aquel enorme y precioso paraguas rojo que él terminaba de regalarle.

—Es de los que se utilizan para jugar al golf, lo suficientemente grande para que podáis utilizarlo las dos al tiempo —dijo Gonzalo, dirigiéndose a mí cuando estuvieron al lado del coche. Abrió la puerta. Remedios cerró el paraguas y entró en el coche—. No olvides responder a mis WhatsApps —le dijo, señalando el teléfono móvil—. Aún no te has marchado y ya te echo en falta...

Y nos perdimos sobre el asfalto mojado. Acompañadas del ruido monótono y rítmico de los limpias sobre el cristal, con las gotas de agua resbalando tras ser empujadas por el viento sobre los cristales de las ventanillas laterales. Entre aquel paisaje empapado de verde. Con el eco de las voces de las meigas resonando en la distancia, arropando nuestra ida con sus conjuros de amor y protección. Con la voz de Serrat y su *Casita blanca* sonando una vez más en el coche, mientras Remedios la cantaba bajito, sin fuerzas y con la vista perdida en el horizonte.

—¿Sabes que nos hemos alojado en una casa de citas? —le dije, intentando traerla conmigo, sacarla de su añoranza—. Ya me pareció extraño que solo se alojaran parejas y que sus estancias fuesen tan cortas. Me muero de la risa pensando en lo que habrán comentado en los mentideros del pueblo. Yo de excursión buscando la colcha para la tienda, paseándome del brazo de la anciana tahonera sin tener la menor idea de dónde me estaba hospedando.

—Estoy preocupada y triste —me interrumpió sin dejar de mirar la carretera. Sin dar muestras de haber escuchado mis palabras.

—¿Por?

—Pues porque estoy metida en una encrucijada. No sé qué voy a hacer cuando regrese mi marido, no sé lo que voy a hacer con mi vida.

—Nada. No veo que tengas que hacer nada, al menos por ahora. Tenemos que abrir el herbolario, eso es, por el momento, lo más importante porque te permitirá tener otra vida, descolgarte un poco de la rutina. Después tendrás tiempo de pensar con la cabeza fría y los pies calientes, que es como se hace.

»¡Es tan hermoso sentir! —exclamé inconscientemente, rebobinando la canción de Serrat.

—Cada día te pareces más a tu madre —dijo, mirándome entristecida—. ¡Ojalá ella estuviera hoy aquí! Sabría qué decirme, qué hacer.

—Estoy segura de que está —le respondí con un nudo en la garganta. Señalando el paraguas rojo que Gonzalo le había regalado y que ella había puesto a sus pies y sujetaba, manteniéndolo recto, con su mano derecha, descansando su nostalgia en la empuñadura—. ¿No te has dado cuenta de cómo está lloviendo? Llueve como lo hacía en todos los días importantes de su vida. Ella siempre lo decía. La lluvia es tan maravillosa como los sentimientos...

Subí el volumen y ella comenzó a cantar habitada por la nostalgia: «quizá le llaman la casita blanca...».

Y yo pensé: «Madre, ¡cuánto me gustaría que estuvieras hoy aquí!»

Y lo estaba. Estaba en cada una de las gotas de agua que caían sobre nosotras.

25

La magia no es hacer que una paloma aparezca de la nada, o que un pañuelo roto en mil pedazos vuelva a su forma original. La magia es un te quiero a media voz, un abrazo de espaldas, prieto a tus caderas desnudas, mientras sus labios besan tu cuello y un escalofrío te recorre la piel. Y... cuando el deseo te asalta, dejarlo hacer. Es verte en sus ojos y saberte hermosa para él. Es hacer tuyos los versos del poeta, su música y la letra de su canción. Pero ella, la magia, suele hacerse desear. Es tan esquiva e imprevisible como una estrella fugaz.

Si Remedios no hubiese conocido a Gonzalo, aquella magia que empapó los días que pasó junto a él y los posteriores a nuestra marcha del pueblo no hubiera existido, tampoco la Remedios que surgió después de aquel amor tardío que destilaba deseo, juventud y vida. Podría haber sido otro el que la hiciese despertar de su letargo, pero jamás habría sido lo que fue. Un poso de él se quedó en los gestos de ella que tornaron a un mundo diferente más legítimo y vital.

Le propuse dejarla en casa y viajar sola en busca de Amanda, pero se negó.

—Ahora lo que menos me apetece es regresar y enfrentarme con la rutina, con la realidad. Además, ¿qué le diría a Jorge? Él me conoce demasiado bien, más que su padre. Se dará cuenta nada más verme de que algo ha sucedido, lo sé, lo presiento. Necesito unos días para pensar y recomponerme...

Amanda parecía haber sufrido una metamorfosis. Era como una mariposa que terminase de salir del capullo y contemplara, extasiada, la vida por primera vez. Los meses que había pasado viviendo con sus padres le habían servido de catarsis. Fue poco a poco dejando en una esquina, arrinconados, los insultos, los bofetones, las patadas..., hasta que un día escupió ese falso amor que la abrasaba, que le cortaba la respiración y destrozaba su vida. Lo hizo cobijada bajo el techo de aquel granero que su progenitor, un hombretón afable, parco en gestos y palabras, de piel curtida y mirada noble, convirtió en un estudio para ella. Allí, entre el olor que dejó del heno y la alfalfa en sus paredes, Amanda firmó la paz con su pasado y se dedicó a tallar duendes de dedos largos y esqueléticos, que tuvieron que aprender a nadar bajo las lágrimas que vertía su creadora, día sí y día también, hasta que el sol volvió a sus ojos de miel.

—Hace mucho que no echo las cartas a nadie, no sé si podré cumplir con vuestras expectativas —dijo un tanto indecisa, pero con una sonrisa impregnada del deseo de perderse en ese futuro incierto que le prometíamos—. Además, no tengo un duro para invertir en vuestro negocio.

—No hace falta que pongas nada, te queremos a ti, no a tu dinero —le respondí, mirando a Remedios que permanecía contemplando los duendes ensimismada—, ¿verdad?, Remedios. Necesitamos que ella forme parte del herbolario, ¿verdad? —volví a preguntar, alzando el tono de voz al ver que Remedios no me respondía.

—Estos duendes, estos duendes..., son..., son como los de mi sueño. Los que Sheela señaló en él antes de desaparecer por la puerta del herbolario, los que estaban sobre la mesa —dijo con uno entre sus manos, mirándolo fijamente, impresionada—. ¡Ahora lo entiendo todo! —exclamó.

—¿Te gusta ese? —le preguntó Amanda—. Si te gusta es tuyo. Puedes elegir el que quieras. Cuando lo hagas abre el pliego de papel que cuelga de su pulgar. Estoy segura de que en la frase que hay escrita encontrarás una respuesta a tus dudas. Algo que necesitas reafirmar. Las escribo con ese propósito, para que cada persona encuentre algo que precisa saber o simplemente ratificar. Lo hago sin pensar en nada ni en nadie en concreto. Luego los cierro con la cinta morada y los cuelgo aleatoriamente. Como has visto no hay ni un solo duende que sea igual a otro —apostilló sonriendo—. Tampoco hay ni una sola frase repetida. La magia, la coincidencia o el espíritu que habita en cada figura se encarga de elegir dueño.

Con el duende entre sus manos, sin dejar de mirarlo, Remedios siguió las indicaciones de Amanda y abrió el diminuto pliego. Lo leyó y dijo:

—Tengo ansiedad —recogió el papel y le ató la cinta alrededor, volviéndolo a colgar del pulgar del duende—. Es como si estuviera atrapada en un tiempo que no es el mío, en una realidad equivocada. En ese nuevo comienzo del que habla la frase de tu duende, Amanda.

Su teléfono sonó, se levantó, miró el número en la pantalla, nos hizo una seña y salió fuera del granero.

—Está enamorada —dije en respuesta al gesto de Amanda, que encogiendo sus hombros me indicaba que no entendía nada.

—¡Ya! —exclamó—. Pues no parece que lo lleve muy bien.

—Lo que siente le ha roto los esquemas. Ha vuelto a la vida, y eso la asusta...

—Mi madre nos ha preparado dos de sus platos especiales, para la cena y para el almuerzo de mañana —dijo después de que le comentase por encima cómo Remedios se había vuelto a enamorar—. La buena comida y la bebida atenúan el mal de amores, eso dice mi madre. Espero que hayáis traído suficiente antiácido, es muy exagerada con las viandas.

Al día siguiente, tras el almuerzo, después de embalar algunos de sus maravillosos y especiales duendes, los setenta y ocho naipes del tarot y las runas de Amanda, las tres, vestidas de campesinas, con pantalones cortos, camisas blancas y sombreros de paja, muertas de calor y empachadas de comida y tinto de verano, nos metimos en el coche. Emprendimos la vuelta haciendo caso omiso a la recomendación de la madre de Amanda que insistía, preocupada, en que debíamos salir después de hacer la digestión; cuando el sofoco del tinto se hubiese ido de nuestras caras y cabezas. Durante el camino cantábamos al tiempo, arrebatadas, descontrolando, desafinando y riendo hasta que tuvimos que parar. Vomitamos al unísono, como si el universo hubiera conspirado contra nosotras al mismo tiempo, reprendiendo nuestra inconsciencia. Paré sin decir palabra y abrí mi puerta rápido, ellas hicieron lo mismo. Enfrente, en la otra cuneta, un hombre mayor y desgarbado había parado su coche al vernos inclinadas a las tres arrojando sobre el asfalto.

—¿Necesitan ayuda? —preguntó en tono preocupado.

Levantamos la mano a la vez, sin alzar la cabeza, indicándole que no hacía falta y seguimos con nuestras arcadas. Después reemprendimos el camino hasta una pequeña estación de servicio donde pasamos la tarde y la noche dentro del coche, tomando manzanilla y té entre los cuchicheos y las risas contenidas de los empleados del establecimiento.

Cuando llegamos Jorge estaba allí, esperándonos, esperándome. Con aquella sonrisa que me desbarataba por dentro y aquellos brazos en los que me hubiera perdido con un solo chasquido de sus dedos, que esperé pero que no se produjo. A su lado estaba Eduardo, su padre, erguido, sobrio y varonil; como siempre. Frío y sereno, más lo primero que lo segundo. En sus brazos tenía un gatito de pelo gris, orejas cortas y cara redonda. Remedios palideció al verle. Al ver a su marido y al gato en sus brazos. Era como el que tuvo Sheela cuando regentaba el herbolario, cuando aún vivía. Agachó la cabeza y susurrando nos dijo:

—Pero ¿qué hace mi marido aquí? Aún no iba a volver. Creí que pasaría toda la quincena fuera, en esas malditas jornadas. Le dije a Gonzalo que podía venir la próxima semana porque Jorge tampoco iba a estar. ¡Dios!, ¿qué voy a hacer ahora? —exclamó con una expresión de angustia en sus ojos.

—Acaban de traerlo. Se llama *Amenofis*. Eso pone en la nota —dijo Jorge, arrebatándole el gato de los brazos de su padre y caminó hacia nosotras—. Es para el herbolario. Lo ha mandado un amigo tuyo, Mena. Un tal Gonzalo —apostilló, guiñándome un ojo con un gesto de complicidad que al mismo tiempo me pareció extraño e irónico.

Me tendió la nota que leí en silencio mientras Remedios le daba un desganado beso a Eduardo y le comentaba lo cansado que había sido el viaje. Él, sin escucharla, como si no le importase lo que su mujer le decía, preguntó con evidente interés por su amigo Carlos, por mi padre. Siempre se habían llevado especialmente bien los dos. Remedios movió la cabeza de un lado a otro y se lo llevó dentro de la casa murmurando. Seguramente le comentaría lo de Sara.

Amanda sacaba las bolsas del coche y entre col y col nos lanzaba una mirada inquisitoria a Jorge y a mí que permanecíamos uno frente al otro, mirándonos como dos tontos, como si hiciese años que no nos viésemos. Yo, con la nota que Gonzalo le había adjuntado a Remedios en mis manos en la que le decía que lo único que nos faltaba en el herbolario para que fuese el de antes era *Amenofis*. Le había puesto al gato el mismo nombre que el que tenía el felino de Sheela, la amiga de mi madre. Al leerla pensé: «Gonzalo es la leche, pero también es un poquito gilipollas, mira que mandar el gato a casa de Remedios con una nota, hay que ser tonto o tocapelotas.»

—¡Es precioso! Parece un peluche —dije, cogiéndolo.

—Hablamos luego —me dijo él en un tono imperativo y seco. Con gesto adusto—. Creo que me debes una explicación. —Y señaló la nota, el pie del párrafo en donde estaba escrito el nombre de Gonzalo.

—Va a ser que no —le respondí en tono irónico y divertido—. Estoy agotada, demasiado cansada para andar devanándome la masa encefálica con algo que no me compete —respondí.

—Hablamos luego —repitió en tono firme y seguro, y comenzó a caminar hacia la casa con las dos bolsas de su madre que Amanda le había entregado.

Sin tan siquiera dirigirse a ella se las quitó de las manos y nos dio la espalda.

—Es un poco sobradito —dijo Amanda divertida—. Si no fuese porque te gusta, diría que mucho, y conociéndote como te conozco, tu reacción habría sido mandarlo a la mierda.

—¡Jorge! —grité.

Él se dio la vuelta y me respondió:

—Dime.

—¡Vete a hacer puñetitas un rato! —Miré a Amanda sonriente, envalentonada, pero ella se sonrió aún más y yo me arrepentí de lo que le había dicho a Jorge.

—Yo también te quiero..., ¡guapa! —respondió irónico.

26

Eduardo se marchó al día siguiente, de madrugada. Se fue como vino, sin hacer ruido y dejando un puñado de perchas llenas de trajes, camisas de firma y varias corbatas de seda que Remedios debía enviar al tinte. Añadiendo a su bodega dos botellas de vino de reserva, añejo y de un sabor único que le habían regalado, supuestamente, en aquel congreso del que volvió antes de lo previsto. Una de ellas aún conservaba en la etiqueta un pequeño rastro de perfume femenino. El mismo que persistía sutil y ladino en la tela de sus camisas o en el forro de las chaquetas de traje. Por allí, entre la camisa y el forro de la chaqueta de él, de seguro, se habían colado los abrazos perfumados de la otra en más de un encuentro, rodeando su cintura antes de que él se desvistiese para amarla. Aquella fragancia lastimaba la piel, el olfato y el corazón de Remedios. Aunque ella se empeñara en negarlo. Dejó la mesa del despacho invadida por un montón de pliegos llenos de números y parrafadas anexas a ellos que Remedios recogió pacientemente, uno sobre el otro y el otro sobre la pila que se fue creando. Lo hizo con cuidado y precisión, no fuera a ser que en un descuido algo marchara de su sitio, se traspapelara o descarrilara alguna frase intrusa, alguna nota inapropiada que la hiciese apearse, una vez más, de su rutina para llorar. Le pasó el trapo del polvo a la superficie de caoba, pensando, como hacía siempre, en lo que fue, en lo que podía haber sido y en lo que era. Suspiró al mismo tiempo que el espray abrillantador cayó sobre la madera noble. Se inclinó sobre ella y frotó mientras se decía a sí misma que aquello debía terminar. Colocó, en el lado izquierdo, junto a una foto de Jorge con tres años, un jarrón de cristal que dejaba ver los tallos verdes de las rosas rojas dentro del agua. Las cortó del jardín nada más levantarse, después de que él le dijese adiós desde el taxi que le devolvía al aeropuerto. Entornó las ventanas y se dirigió al dormitorio donde ambos, la noche anterior, habían mantenido relaciones sexuales adornadas de cariño pero carentes de pasión. Al quitar las sábanas recordó lo sucedido la noche anterior:

—Estás preciosa —le dijo, mirándola tumbado en la cama, mientras ella se cepillaba el pelo—. El viaje con Mena te ha sentado muy bien. Pareces más joven.

Remedios no sonrió, aquella noche no lo hizo. Se desnudó y caminó hasta él, sin apagar las luces, sin cerrar el gran ventanal que daba al jardín, sin recoger las cortinas. Sin importarle si los vecinos verían sus envites o escucharían sus gemidos. Tenía ganas de sentirle sobre ella. De acariciar su espalda, de buscar aquel rastro de pasión que su marido dejaba en otras pieles, sobre otras caderas. Quería bebérselo para luego escupirlo con rabia sobre él. Eduardo, en cada uno de sus regresos, aparentaba estar sediento de sexo, o quizá necesitado de perdón.

Aquella noche, como tantas, como cientos, él, mientras la besaba, al entrar en el cuerpo de ella, debía estar pensando en la otra porque Remedios sintió que la buscaba, que intentaba acomodarse sin conseguirlo entre sus muslos. Tal vez, pensó, su amante tenía una talla inferior a la de ella, unos pechos más carnosos, un vientre más terso, sin dilatar por los embarazos, una vagina más estrecha que le proporcionaba más placer y un corazón más sucio. De lo último estaba segura, de lo otro tenía alguna que otra duda. Él, satisfecho, dormitó desarropado sobre las sábanas de seda pocos instantes después del orgasmo. Con el móvil apagado y bloqueado, no fuera a ser que la otra no recordase que aquel día le tocaba cumplir con su mujer. Ella se calzó las chanclas, recogió su pelo frente al espejo del baño, abrió la ducha y se metió bajo el chorro de agua fría con la bata de raso puesta y dos lágrimas rabiosas y envejecidas que se deshicieron sobre la palma de su mano. Después apagó la luz del dormitorio, bajó las escaleras, salió al jardín y se encendió un cigarrillo sentada en la tumbona del porche.

—Te adivino, puedo adivinarte detrás de tus palabras —dijo Gonzalo a través de la línea telefónica—. Estás en el jardín y llevas el pelo aún húmedo después de la ducha.

Dejó el cigarrillo en el cenicero después de dar una calada profunda y triste y con su mano derecha retiró las lágrimas que volvían a correr por sus mejillas.

—Hace un calor espantoso aquí —le dijo con la voz entrecortada, con dificultad para vocalizar.

—No escucho a *Amenofis*. Sé que lo tienes porque he recibido la confirmación de la entrega de la mensajería. Pensé que sería lo primero que harías nada más llegar, llamarme y decirme lo mucho que te gusta. Es el más guapo que había en la tienda de mascotas. El más parecido al que tenía Sheela. Habrás visto que me acuerdo de todo lo que me dijiste sobre cómo era —dijo en tono alegre, pero ella no pudo responder a su contento.

Sollozaba, bajito, con la cabeza inclinada y la barbilla

apoyada en su pecho. El agua de su pelo resbalaba por su espalda.

—Cielo, ¿estás bien? Dime, ¿qué te pasa? —le inquirió Gonzalo.

—Te echo tanto en falta. Y tengo miedo —esto último lo dijo en un siseo que él no consiguió escuchar.

—Y yo a ti. ¿Estás llorando? Dime que no estás llorando.

Ella calló, se restregó una vez más los ojos y volvió al cigarrillo casi apagado.

—*Amenofis* está con Mena. Mira que mandarlo a casa sin decirme nada... Lo recogió mi hijo, ahora no sé qué voy a contarle. Mi marido estaba esperándome y también vio al gato. Lo tenía en sus brazos. Te juro que casi me da algo —respondió, cambiando de tema.

—Diles que te lo he enviado yo; no veo cuál es el problema.

—¡Qué fácil lo ves todo! —exclamó ella en tono recriminatorio.

—No, sé que no es fácil, pero creo que nada ni nadie debe coartar tu libertad y la última que debes hacerlo eres tú, Remedios. Puedes decirle lo que quieras, la nota que envié no lleva ninguna palabra fuera de contexto. No te obliga a dar ninguna explicación concreta, nada que no quieras decir. No sé qué es lo que te sucede. Espero que tu estado de ánimo no lo haya provocado el envío de *Amenofis* porque me haría sentir muy mal. Dime que no es así, ¡por favor!

—No, no lo es. Te echo en falta, Gonzalo, ¡te echo tanto en falta! —le respondió, mirando la ventana del dormitorio donde su marido dormitaba para comprobar que la luz aún seguía apagada—. Tengo que dejarte, mañana me levanto muy temprano.

Mientras se lo decía escuchó el murmullo de las parejas que se dirigían hacia la terraza de la pensión y recordó aquella noche, la primera. El viento movió su pelo húmedo y trajo a su memoria la brisa del mar.

—Nos vemos pronto. En breve estaré allí —dijo él—. También tengo que dejarte. La queimada me espera. Mientras recite el conjuro pensaré en ti...

Y ella se encogió sobre sí misma, arropada por el albornoz rosa, hecha una bolita sobre la tumbona que la meció en la oscuridad del jardín. Con el vuelo constante y monótono de los murciélagos sobre los tejados, con el brillo de una única estrella y aquella canción de Serrat que se había convertido en la balada de aquel amor tardío resonando en su cabeza, en sus pensamientos y su corazón.

—Si fuese mi madre te diría que si quieres un chupito de licor de bellota, pero ni lo soy ni lo tengo —le dije apoyada en la verja que unía nuestros jardines.

—Yo pongo el licor de bellota y vosotras los vasos y la música —respondió, levantándose—, en dos minutos estoy ahí —concluyó, alzando su mano en señal de saludo para Amanda. Ella le respondió tirando un beso al aire con su mano y *Amenofis* maulló dentro del canasto de mimbre, como si reclamase su presencia.

La luna blanca y brillante, aquella noche, exhibía soberbia su plenilunio sobre los tejados dormidos.

27

Jorge se marchó sin despedirse. Sin mantener aquella conversación que me exigió el día anterior. Mi respuesta había sido inadecuada, pero su exigencia también lo era. Le vi marcharse en el taxi que le conduciría al aeropuerto. Estuve a punto de soltar el vaso con el café que estaba tomando, dejarlo caer al suelo y salir corriendo hacia él. Pero, a pesar de que cuando abrió la puerta del taxi se giró y miró hacia la ventana de mi cocina, de que nuestras miradas se cruzaron, no lo hice. Él tampoco. Se metió en el vehículo y no volvió a girar la cabeza. Sé que esperó un gesto mío, siquiera la apertura de la ventana tras la cual le contemplaba, pero aunque deseaba abrazarme a él no fui capaz de mover un solo músculo.

Estaría fuera la mayor parte del verano, lo que quedaba de él. En cierto modo, su ausencia me vendría bien, pensé intentando controlar la ansiedad que sentía, conformarme o consolarme, no lo sé muy bien. Quizás, así, podría dejar de lado aquella maravillosa intranquilidad que me producía su presencia, aquel desorden de sentimientos que me desbarataba por dentro y no me dejaba hacer a mi antojo.

—Volverá y te comerá —dijo Amanda, abriendo su boca junto a mi hombro y levantó su mano como si esta fuese una garra—. Debería haberlo hecho hace tiempo.

—¿El qué?, ¿volver o comerme? —le respondí irónica.

—Ambas cosas —dijo ella—. No entiendo muy bien por qué motivo aún no estáis juntos. A veces nos complicamos demasiado la existencia...

Sin darnos cuenta, las tres fuimos deshaciendo nuestra forma de vida anterior. Tiramos de un único hilo y la madeja se deshizo poco a poco. Necesitábamos nuevos caminos, nuevas veredas por donde transitar sin que el pasado nos hiciera apartarnos para pensar, sin que los recuerdos lacerasen nuestro presente. Las tres habíamos estado demasiado tiempo invernando en la pena, hechas un ovillo, encogidas sobre nosotras mismas.

Gonzalo llegó dos días después de que Eduardo se marchase. Remedios y él buscaron un hotel en las afueras, lejos de las miradas ajenas, de los chismorreos y la censura que podían dañar su amor, de los mentideros donde se desvisten las vidas de los otros. Pasaron una semana juntos, sin apenas dar señales de vida, anidando el futuro, columpiándose uno en los ojos del otro, bajo la sombra del mismo paraguas rojo. Mientras las rosas del despacho de Eduardo, su marido ausente, se marchitaban en el jarrón, Remedios dejaba que los dedos de Gonzalo dieran vida a su piel descuidada de caricias.

Algún que otro WhatsApp que nos mandábamos para saber que aún seguíamos vivas fue la única comunicación que mantuvimos durante aquellos siete días. Mientras ellos anidaban, Amanda y yo nos encargamos de los últimos retoques que le faltaban al local para su apertura a primeros de septiembre. Ella con los ojos puestos en los libros de Sheela, que le hablaban de conjuros, sortilegios y claves para una decoración que encauzara de forma idónea las energías del local. Apenas levantaba la vista de aquellos legajos, y cuando lo hacía era como si algo de ellos la obligara a volver sobre sus letras. Con su pelo rojizo recogido en un moño alto, unos vaqueros cortos, alpargatas de esparto y las gafas de cerca en la punta de la nariz, se pasaba horas sentada leyendo, como si nada fuera más importante que aquellos incunables. Yo comencé a pintar como siempre había querido hacer, a jornada completa. Empapada del olor del óleo, envuelta en la magia de los colores mediterráneos encarrilé una serie de bocetos que tenía olvidados y dispuse una de las paredes del local para su exposición y venta. Dejé de lado el orden de la casa, la despensa que se fue vaciando peligrosa y paulatinamente, la ropa para lavar... *Amenofis* fue el único que se salvó de aquella hecatombe porque su maullido cuando tenía hambre o sed era casi lo único que nos hacía dejar nuestro trabajo, al que, por fin, habíamos conseguido dedicarnos en cuerpo y alma; aun y a pesar de ser mujeres.

Eché en falta el sonido de los pasos de Jorge, el caer de su mirada sobre mí, o el tiento que sus manos, de vez en cuando, daban al aire buscando toparse con las mías. Extrañé aquel anodino juego de niños enamorados que llevábamos practicando demasiado tiempo y, arrastrada por la ansiedad que me producía su falta, le envié un WhatsApp preguntándole cómo le iba. No respondió. Y volví a decirme a mí misma que era mejor así, aunque mis sentimientos me dijeran lo contrario y mis uñas, ya casi inexistentes, evidenciaran mi precario estado de ánimo frente a su alejamiento.

—¿Qué ha sucedido aquí? —espetó Remedios nada más entrar en la cocina—. Decidme que aún os queda algo limpio que poneros —apostilló, mirando el cesto de la ropa sucia que rebosaba dejadez—. ¡No me lo puedo creer! Esto parece una zona de guerra. Espero que la tienda no esté en estas condiciones.

—¿Quieres café o té? —le inquirió Amanda que terminaba de levantarse y había entrado en la cocina—, pero... ¿tú no volvías el lunes? —le preguntó, haciendo un gesto de extrañeza al tiempo que miraba el calendario de su reloj de pulsera.

—Hoy es lunes —le respondió Remedios—. Parece que el desorden no es solo el de la casa, andáis un poquito desubicadas. Anda, ponme un té, pero antes lava bien el vaso, ¡por Dios!

Separé una de las sillas y se sentó sin dejar de mirar el desorden que había.

—Voy a enseñarte algo. Ahora vuelvo —le dije.

Subí a la buhardilla y bajé dos de los cuadros.

—Mena, ¡son maravillosos! —dijo emocionada—. Medicinales, como mis postres de colores. Si tu madre los pudiera ver estaría muy orgullosa. Eso sí, ella, como yo, no podría con tanto desorden —dijo, volviendo a mirar la pila llena de loza—. ¡Lo siento! —se disculpó al ver nuestro gesto de incredulidad—. Es que no puedo, te lo juro, me dan ganas de ir a casa a por el mandil. Aunque el fin, en este caso, sí justifica los medios.

—De no haberme dedicado a ello de esta forma no los habría terminado nunca. Ya sabes, por eso hay más artistas hombres, ellos solo se preocupan de su trabajo. Si quieres ayudarnos a limpiar te compramos una docena de mandiles nuevos. ¡Ah!, necesitamos comer caliente —le dije, señalando los envases vacíos de las pizzas.

—¡Deja ya de mirar todos los rincones! —la increpó Amanda, poniendo el vaso con el té encima de la mesa—, y cuéntanos cómo te ha ido a ti, estamos deseando saber cómo es Gonzalo fuera de su hábitat. Dinos, ¿se te cayó, o aún está sobre el pedestal?

—He estado tan bien que incluso pensé en dejar a mi marido. Después he recapacitado. Aún quiero a Eduardo, pero a Gonzalo también. Son sentimientos diferentes, pero están ahí.

Nos encogimos de hombros.

—¿Entonces? —inquirí.

—Entonces, nada. Voy a seguir con los dos. Hasta cuándo, pues no lo sé. Quizá para siempre —concluyó resoluta.

Su teléfono móvil sonó. Hizo un gesto de disculpa y se levantó, salió fuera y entró pasados unos minutos en los que Amanda y yo le dimos una pasada a la encimera, porque, después de sus comentarios, nos dimos cuenta de que su estado era vergonzoso.

—Era Jorge. No estará para la apertura del local. Regresa dos semanas más tarde. Dice que os pida disculpas. No sé por qué me da, y no suelo equivocarme, que este tiene alguna historia y no es precisamente de trabajo.

—¡Ves!, te lo dije. De un bocado —dijo Amanda, mirándome.

—¿De un bocado? —inquirió Remedios desconcertada porque no entendía a qué se refería Amanda.

—Sí, la pasta de mantequilla, hay que comérsela de un bocado, así no se nota que está un poco rancia —respondió, señalando mi mano en la que sostenía una galletita de mantequilla.

Remedios miró mi galleta y soltó la que ella, momentos antes, había cogido. Y yo, incómoda por la situación y al tiempo enrabietada, pensé: «voy a llamarle». Luego, casi al instante, me dije: «que me llame él si quiere».

28

Mi hermano, Adrián, llegó una tarde de agosto, sin avisar, de la mano de su pareja y cargado de maletas. La mayoría estaban vacías, destinadas a guardar parte de la ropa que dejó en casa al marcharse a Londres. Regresó resoluto y sonriente, como si jamás se hubiese ido, como lo hacía cualquiera de aquellos días en los que volvía de la academia donde preparaba sus oposiciones para notario. Estaba más guapo y masculino que antes, más delgado y sonriente. Se me antojó que era más auténtico, más él. Su pareja, quince años mayor, resultó ser un profesor que me dio gramática inglesa y por el que yo, tiempo atrás, sentí atracción y ganas de compartir algún claroscuro sentados en cualquier bar de copas. Al verle comprobé que aún despertaba en mí cierto e indefinido interés que temí no poder ocultar. Aquello, me dije al abrazarle cuando llegó, ya era otra cosa. «Mentalízate, Mena, no tienes nada que hacer», me insistí. Mi hermano, aquel hombre de leyes enfrascado hasta la médula en leyes y sentencias, frío y calculador que yo creía cambiaba a las mujeres por las vistas en los tribunales, al que mi madre recriminaba no tener vida social, a la chita callando me lo había levantado. Olí una vez más su perfume con cierta añoranza. La colonia que usaba Steven debía contener feromonas a granel. Estaba segura de ello porque la fragancia avivaba en mí la necesidad casi irrefrenable de besarle, de contarle mi vida por capítulos, de hacer el ridículo más espantoso riéndole todas las gracias como una adolescente embelesada y tonta.

—Por qué, ¡Dios mío!, ¿por qué todos los gais están tan buenos? —cuestionó Amanda bajito, en mi oreja, cuando ellos subieron las escaleras para instalarse—. Tu hermano tiene un polvo, pero Steven se merece la ejecución del Kamasutra enterito y sin respiro. ¡Si tuviera dinero le pondría un piso! Creo que hasta *Amenofis* se ha enamorado de él —dijo, señalando al felino que subía detrás de ellos maullando como si de repente persiguiese a una gata en celo.

Se instalarían definitivamente en Londres. Habían alquilado un local donde abrirían una pequeña galería de arte para artistas noveles, junto a una tienda de ropa de segunda mano, de firma. Ambos locales estaban unidos por un tabique que derribarían uniendo así los dos negocios.

—Adrián pensó en ti cuando arrendamos el local —me dijo Steven.

—Bueno, la ropa de firma no me llama mucho la atención, nunca lo ha hecho. Siempre he vestido de segundas marcas y de mercadillo —respondí estirando mi camiseta blanca de algodón, ancha y sin estilo alguno, sin comprender aún cómo todos se habían percatado de que Adrián era gay, todos... ¡menos yo!

—Mena, Steven se refiere a la galería de arte, no a la tienda —me dijo Adrián—. Queremos exponer alguno de tus cuadros en ella, si te parece bien. Si tienes material podemos llevárnoslo ya. Si no es así, nos lo mandas cuando lo tengas y nosotros corremos con los gastos del transporte. Estoy seguro de que tus pinturas tendrían una muy buena acogida en el mercado anglosajón. En cuanto a la ropa, ya sabes que puedes pedir lo que quieras. Te vendría bien un cambio de *look*, nunca has sabido sacarte partido...

Fueron dos días los que estuvieron en casa. Embalaron todos los libros, los objetos personales y la ropa que no les entraba en las maletas en cajas de cartón. Una empresa de mudanzas internacional pasaría semanas más tarde a por ellas, llevándose el último rastro de la convivencia con mi hermano de nuestra casa. Dejando, una vez más, un insondable y doloroso vacío en mi interior.

—¿Se lo has dicho a papá? —le pregunté la última noche que pasó en casa, mientras Steven charlaba animadamente con Remedios y Amanda frente a la barbacoa.

—¿El qué?, ¿que me instalo definitivamente en Londres, o con quién y en calidad de qué lo hago? —me dijo, encogiéndose de hombros, con un gesto de pena que asomaba por sus ojos y parecía arañarlos por dentro porque brillaban demasiado. Me pareció que estaba a punto de llorar—. Sí. Lo hice —dijo cabizbajo.

—¿Y?

—Y nada. No me dijo nada. Colgó el teléfono —respondió en un murmullo ahogado.

—Te llamará, estoy segura —contesté abrazándole—. Ya sabes cómo es de inculto, de borrego para estas cosas, pero te quiere. Además, no olvides que siempre fuiste su ojito derecho.

—No, hermanita, esto no es cuestión solo de incultura, es cuestión de humanidad. Jamás fui nada para él. No te equivoques. Signifiqué algo mientras le dejé que proyectase en mí lo que él quiso ser y no fue. ¡Cómo va a quererme si no me conoce! No sabe nada de mí. Soy un completo extraño, el hijo que jamás quiso tener. La antítesis de su discriminatoria doctrina...

Cuando se marcharon me entregó el Código Civil, su más preciado tesoro.

—¡Guárdamelo!, ¿quieres? —asentí, moviendo la cabeza y llorando emocionada—. Algún día Steven y yo nos casaremos —dijo cogiendo la mano de su pareja—, ese día quiero que lo lleves a la ceremonia porque juntos tacharemos de él muchas leyes que espero hayan sido derogadas...

Y la Luna volvió a salir sobre los tejados, blanca y a medio hacer. Con la forma de una uña recién cortada posaba sobre el firmamento, iluminando tenue e indiscreta su ventana, por la que tantas veces mi hermano la había contemplado. Parecía buscar el telescopio con el que Adrián, noche tras noche, la observaba. La lente dormía dentro de una de las cajas a la espera de la misma luna en otro lugar, aunque ella, la Luna, aún no lo sabía.

Su habitación desvestida de recuerdos, de paredes vacías, propiciaba el eco de mi llanto que rebotaba en los tabiques desnudos y escapaba por la ventana abierta. Hubiera aullado como un lobo solitario, le hubiera aullado a la vida, o al destino, pidiéndoles que me lo devolviesen aunque solo fuese por una noche más, pero la pena se atravesó en mi garganta y no me dejó hacer. Aquella no fue como la primera vez que se marchó, porque el que terminaba de irse sí era mi hermano; el otro, el que partió meses atrás, era un desconocido.

«Maldita y absurda moral que nos ha robado tanto tiempo a los dos, que te ha hecho ser quien no eras», pensé, deslizando la palma de la mano con desagrado por la gruesa tapa del Código Civil.

29

Mi padre pasó por casa una semana después de que mi hermano, Adrián, se marchase. Lo hizo solo y con un maletín repleto de papeles que recogían requerimientos por solucionar. Entre ellos estaba el aplazamiento de la deuda hipotecaria que le estaba consumiendo. El negocio de Sara, en el que él había invertido la liquidación, no daba los beneficios que ambos habían presupuestado, estaban muy por debajo, incluso encontrándose en temporada alta. Amanda prefirió ausentarse mientras él estuviera en casa y Remedios, encantada de compartir aquel espacio vacío en el que habitaba, le preparó la habitación de invitados.

—Espero que no te pierdas el licor de bellota en el jardín al anochecer —me dijo Remedios, acariciando mi cara—. Todo irá bien —apuntó al ver mi gesto de preocupación—, y si no es así, estamos al lado. Danos una voz, me gustaría tanto decirle unas cuantas cosas a esa pécora rubia. A esa criatura de pecho.

—En todo caso deberías decírselas a él —la reprendió Amanda—, no seas machista, Reme.

—A él y a ella, porque liarse con un hombre casado es

de ser muy mala persona. No seas tú feminista cuando no procede —recriminó enfadada.

Pero él, contra todo pronóstico, no se quedó a dormir. Vino acompañado de su Sara. A ella le resultaba violento volver a verme después de saber que yo tenía conocimiento de su aventura anterior con mi padre, cuando él aún estaba casado con mi madre. Aquella era la casa de mi madre, no la suya. Aunque mi madre ya no estuviese, siempre lo sería. Su presencia entre aquellas paredes no era bienvenida, y lo sabía. En cada visita ella permanecía dentro del coche, inmóvil, como una estatua de sal. Con los auriculares en sus orejas y la vista al frente. Esquivando la mirada de Remedios que se paseaba por el jardín delantero sin dejar de observarla con evidente descaro e indignación. Temí que en algún momento saliese y ambas se enzarzaran en una pequeña pero desagradable discusión obligándome a frenar a Remedios y arrastrarla del mandil al interior de su casa. A mí no me incomodaba su presencia, me molestaba que mi padre le permitiese venir, quedarse allí, sentada, como si fuese un punto y aparte, como si estuviera al margen, cuando la realidad era otra. Si había tenido el valor de mentirme, de mantener aquella relación durante su matrimonio y continuar con ella después de la muerte de mi madre, debía tener las mismas agallas para intentar que su pareja fuese admitida en cualquier lugar y situación.

Aparte de indicarme que si no llegaba a un acuerdo con el banco tendría que intentar la dación en pago, con lo que ello supondría para mí ya que me dejaría sin un lugar donde vivir, no hablamos de mucho más. Me entregó los papeles de circulación del coche de mi madre y los documentos en los que se certificaba el cambio de su nombre al mío, que aún estaba sin hacer. Durante los tres días que permaneció en la capital fue pasando paulatinamente a recoger la ropa que aún permanecía en la casa. Sus cuadros, sus plumas, los alfileres de las corbatas y algunos zapatos. También se llevó varias fotos. En muchas estaba mi madre con él. Otras eran de mi hermano y mías.

—No sé por qué te llevas las fotos —le dije rabiosa—. Ni mi hermano ni mamá han significado lo suficiente para ti. A él le has dejado de lado solo por su condición sexual, a ella la ignoraste durante mucho tiempo, le mentiste, como a mí. Deberías estar avergonzado por todo lo que has hecho. Traer dinero a casa no es suficiente, no te exime de todo lo demás. Eso fue lo que siempre creíste, en lo que te escudabas. Pues no, no ha sido suficiente, nunca lo es. Hubiéramos cambiado todo esto por tenerte a ti. Te fuiste de nuestras vidas y creíste que tu ausencia se llenaría con el saldo de la cuenta bancaria.

—No creo que merezca el trato que me estás dando, Mena —dijo, cerrando la última maleta que le quedaba por sacar de la casa. Serio frente a mí, sin moverse.

—Yo creo que he sido demasiado benévola contigo. Todos hemos sido muy condescendientes, sobre todo mamá. Luchó por ti hasta el último momento, pero tú estabas encoñado con Sara. Le dijiste que lo habías dejado para que volviese de Egipto. Te hartaste de llorar por las esquinas repitiendo que querías recuperarla y ¡mentías! ¿Por qué? —le inquirí, llorando.

Se acercó y me cogió las manos.

—Claro que la quería, muchísimo. Siempre la quise, aunque no lo creas. Estuve demasiado tiempo con Sara, es cierto, no puedo negártelo. No era una aventura más, nunca lo fue, pero quería a tu madre y había dejado a Sara cuando ella se fue a Egipto. ¡Te juro que la había dejado! No mentía, quería volver a intentarlo, retomar nuestra relación. La echaba en falta, la necesitaba a mi lado.

—Por eso, porque la necesitabas volviste con Sara —le dije rabiosa, mirándole a los ojos—. Vuelves a mentir, papá. Vuelves a hacerlo una vez más.

—Fue Sara quien, al enterarse de la muerte de mamá, me llamó varias veces. Quería verme, pero yo me negué. Un día la encontré esperándome en la puerta de la oficina. Sentada en la acera, llorando. Ella me quiere, no creo que estar enamorado sea un pecado.

—No, por supuesto que no lo es, pero mantener una relación con un hombre casado y con hijos es una falta de dignidad y vergüenza. Ser cómplice de tu engaño hacia mí, fingiendo que os habíais conocido por casualidad en tu traslado laboral, es indecente por su parte. Hay que tener ovarios para enfrentase a lo que uno hace, sea esto lo que sea, y ella no tiene ni vergüenza ni ovarios. Los dos sois unos cobardes.

—Tienes derecho a estar dolida —dijo—, pero piensa que yo también tengo derecho a rehacer mi vida, a seguir viviendo. Soy tu padre y te adoro. Creo que no he sido tan mal padre ni esposo. En estos años ha habido momentos maravillosos, eso también deberías tenerlo en cuenta.

—Llama a mi hermano —le dije, secándome las lágrimas con la palma de las manos—. Aunque no lo creas necesita tu aprobación para ser feliz del todo. No puedes pretender que yo entienda tus sentimientos, tus necesidades, si no le entiendes a él. Si no le aceptas tal y como es. No puedes ni tienes derecho a pedir a los demás que hagan lo que tú no haces...

Levantó la mano desde el coche después de arrancar el motor para volver a su nueva vida junto a Sara. Yo levanté la mía llorando como una niña pequeña, desconsolada y enfadada al tiempo que rabiosa. Sara miró tímida hacia la puerta donde yo estaba y levantó su mano derecha en señal de despedida. Le respondí con el mismo gesto. «A fin de cuentas —me dije—, la vida es eso, un hola y un adiós.»

—Lo pasará mal volviendo a empezar —dijo Remedios—. Igual piensa que todo va a ser como cuando se veían a escondidas. La convivencia es otra cosa —remarcó irónica—. Ni te preocupes, reina mía, en breve lo tienes de vuelta. Se cansará, estoy segura de que no podrá seguirle los pasos a esa criatura. Aunque si te soy sincera no sé qué es mejor, que vuelva o que se quede con ella feliz como una perdiz, quizá lo segundo. Aquí que venga de visita y los calzones que los deje en su lavadora, no en la tuya.

—No creo que esta vez se canse —le respondí—. Me da lo mismo. Es triste, pero no me importa, lo único que me preocupa ahora es la casa. Si las cosas no le salen bien, tendré que buscarme un apartamento. Sentiría tanto tener que marcharme de aquí, Remedios —dije, mirando la ventana del dormitorio, el balcón donde mi madre se sentaba muchas mañanas a tomar el sol y desayunar—. Sigo sintiéndola en la casa. Me sigue costando hacerme a la idea de que se ha ido para siempre. Ahora me cuesta más que nunca...

30

Mi madre hubiera disfrutado viéndola a mi lado, conociéndola de nuevo, porque Remedios ya no era la misma mujer con la que ella compartió una parte muy importante de su corta existencia en este mundo. Estoy segura de que entró en su vida como lo hizo en la mía, paso a paso, deslizándose sin hacer ruido, sin la prisa que lo enturbia todo, invisible y paciente. Casi anónima. Humilde como lo son las personas importantes. Como aquellos duendes de los que mi madre me hablaba cuando era niña, aquellos seres diminutos que nadie conseguía ver. Esos que con sus pasos de seda dejan la huella de su magia en nuestra vida. Esa magia que se siente y presiente, que se adivina y de la que no se debe hablar porque las palabras, muchas veces, rompen los buenos hechizos. Conjuros que Remedios debía conocer, igual que Amanda, porque sus silencios, muchas veces, estaban demasiado medidos como para ser un simple asentimiento a mis palabras; a mi dolor o a mi impotencia. Eran balsámicos, como lo es contemplar a una bailarina descalza, resoluta y bella, sobre una tarima recién pulida dejándose llevar, convirtiendo su cuerpo en el mismo aire, sintiendo cómo se funde con él en cada paso. Y así, ellas dos, me contemplaban en silencio, dejándome hacer y decir hasta que olvidaba aquel baile desacompasado de sentimientos que me atenazaban. Hasta que mis pasos se convertían en un aleteo que me permitía volver a volar junto a la copa de licor, al compás de las risas, o conjeturando sobre lo que aún nos quedaba por conseguir.

Remedios me ayudó, junto a Amanda, a poner en orden los armarios y la habitación de mis padres, desocupada de recuerdos, del olor de sus perfumes, del sonido de sus pasos, del vaho sobre el espejo del baño después de la ducha o el sonido de la puerta del vestidor que siempre se encajaba dejando correr un rumor semejante al maullido de un gato arrabalero. Recogí el bote del perfume que mi madre había dejado esperándola en uno de los estantes del baño. Ni mi padre, ni mi hermano, ni yo, tuvimos valor suficiente para retirarlo de aquel lugar. La casa volvió a ser despojada de vida, a vaciarse progresivamente, por etapas. Siguió los pasos de cada uno de nosotros, de ellos, porque los míos seguían recorriendo sus rincones, volviendo a pisar las mismas baldosas, dándole vida al pasado.

Fue ella, Remedios, quien deslizó el trapo del polvo sobre los estantes vacíos. Quien desvistió la cama y dobló las sábanas que se llevó para lavar. Quien hizo acopio de sonrisas y aspirador en mano, pelo recogido y mallas todo terreno, limpió cristales, enceró el parquet y, finalmente, ya atardecido, después de cerrar la puerta de la habitación de mis padres y la de mi hermano, me llamó para cenar. Yo estaba en la buhardilla. Se suponía que pintando, pero en realidad no di ni una sola pincelada. Pasé aquellas horas preguntándome si debía esperar, seguir luchando, o hacer un hatillo con mis cosas y marcharme aquel mismo día de allí.

—Te espero en casa en media hora —dijo quitándose

los guantes de limpieza—. Amanda está terminando de ducharse. Deja de darle vueltas a la paleta —apuntó mirando mi mano y me la quitó—. No sé si llevármela para pasarle el estropajo de aluminio. ¿Aún te quedan botes de óleos que no hayas pringado encima de la madera? Esto, en vez de una paleta, parece una cordillera de colores. ¡Anda, quítate esa camiseta costrosa y métete en la ducha! Nos vamos a cenar fuera, que estoy destrozada. Como decís vosotras, tengo cuerpo-escombro. Necesito aire nuevo. A ser posible que no huela a abrillantador —concluyó, oliendo sus manos y haciendo un gesto de asco.

—Y algún que otro Richard Gere que nos alegre la noche —gritó Amanda desde el baño—. Que tú, Reme, ya has tenido tu Pretty Woman, pero nosotras estamos estancadas en: ¡qué habré hecho yo para merecer esta sequía!

Sí, habían entrado de puntillas en mi vida, las dos. Como lo hicieron Sheela y Remedios en la vida de mi madre. Se habían ido haciendo un sitio en ella imprescindible y único. Se instalaron en ese rincón del alma con el que mi madre dio título a su diario, a las cartas que le fue enviando a mi abuela.

—Voy a firmar con la editorial. Pero no pienso rectificar ni una coma de lo que ella escribió. Si aceptan la historia tal y como está, se la venderé —dije, señalando los folios que había estado leyendo, que había vuelto a leer una vez más para revivir su presencia.

Me miró y fue soltando las horquillas del moño que recogían su melena rubia a la nuca y se sentó sobre el baúl donde yo guardaba los recuerdos de mi madre.

—Tu madre estaría muy orgullosa de ti, Mena. Eres tan parecida a ella. Una luchadora incansable. Tan de verdad que a veces me das miedo. —Hizo una pausa y me miró con una expresión dubitativa en su rostro.

»Deberías suavizar el capítulo en el que tu madre habla sobre Antonio. El final. Sé que me entiendes, que sabes a lo que me refiero... —dijo, pasándose la mano por la frente como si algo le molestase, haciendo una pausa e inspirando—. Es un poco comprometido, tal vez pueda resultar incómodo, sobre todo para mí, incluso a ti puede afectarte en un momento dado.

—Estoy cansada de la doble moral, del miedo, del cuidado que nos obligan a tener a las víctimas y la defensa que se le da al verdugo. Muy cansada —dije sin tener en cuenta su posición en aquella historia, el lugar que ocupó.

—Solo te pido que recapacites sobre ello. No seré yo quien te obligue a nada, tampoco quien coarte tus derechos o tus sentimientos. Eso sería lo último que hiciese, pero te pido que me entiendas —dijo en un tono quejumbroso—. Eso sí, si decides saltar al precipicio, lo haremos de la mano, igual que, en su momento, salté con tu madre.

—¡Gracias! —exclamé llorosa y yéndome hacia ella la abracé—. Sí, vaya si hueles a abrillantador —le dije riendo, llevada por un ataque tonto de pena y alegría al tiempo.

—Te lo dije, huelo a pasillo de limpieza de supermercado. Es horrible. Este olor no me deja ni pensar con claridad.

—Eres estupenda, Remedios. Mi madre no habría sido la misma sin tu amistad. ¡Gracias! —le dije, y me abracé a ella y al olor del abrillantador de madera.

—Esto no es eterno, cielo, nada lo es. Se te pasará. Volvemos a ser tres, como cuando tu madre, Sheela y yo nos conocimos. Somos las brujas de Eastwick, por algo nos pusieron ese apodo en el pueblo —rio maliciosa—. Sé que nuestra unión no forma parte de la casualidad.

—¿Quién se atreve a hablar de casualidad? —cuestionó Amanda desde el quicio de la puerta, secándose el pelo con la toalla—. ¡Nada lo es! Dejaos ya de tanto abrazo y lloriqueo y..., ¡arreando! Necesitáis una de chapa y pintura como el comer. —Hizo una pausa y movió su nariz como la protagonista de la serie *Embrujadas*. Nos miró y dijo—: ¿A qué huele aquí?

—A abrillantador de madera —respondimos Remedios y yo al unísono, riendo.

La terraza tenía luz de candilejas. La música de jazz que sonaba en directo dentro del local se escapaba hasta las mesas donde nos habíamos sentado. Era una noche cualquiera, de un día cualquiera, de cualquier mes. Lo habría sido si él no la hubiese encontrado de casualidad, o tal vez no, porque, como decía Amanda, la casualidad no existe.

—¡Te encontré! —exclamó, poniendo sus manos sobre los hombros desnudos de Amanda, encima de los tirantes de la camiseta. Abrió su boca y la pegó a la oreja de ella como si fuese a darle un bocado, como un lobo hambriento, incluso vocalizó la onomatopeya del gruñido.

Amanda no se movió. No giró la cabeza, no gesticuló ni dijo una sola palabra. Había reconocido su voz, el roce de la yema de sus dedos en la piel, la fuerza que sus manos ejercían sobre sus hombros desnudos. Minutos antes le pareció oler su perfume y sentir el ruido que los tacones cuadrados de sus botas solían hacer al caminar. Y tembló por dentro. Sus manos siguieron a la tiritona que le encogió el corazón con un tembleque repentino y acompasado que no pude controlar. El vino que había en el vaso se le derramó sobre los vaqueros cortos resbalando por sus piernas, tiñendo del color de la sangre la piel de sus muslos; como un mal presagio. El vaso cayó al suelo y los pedazos del cristal roto se esparcieron por el piso. Algunos llegaron a nuestros pies.

—¿Qué pasa? ¿Es que no te alegras de verme? —dijo

agachándose, y levantando su barbilla la miró desafiante a los ojos.

—¡Vete! Ya, ahora mismo —grité desafiante frente a él.

—Eso tendrá que decirlo ella, no tú —me respondió en tono despectivo pegando su cara a la mía.

—Imagino que estás con la condicional —dijo Remedios, alzando el tono de voz. Él se encogió de hombros, en un gesto que indicó indiferencia—. Sí, claro que lo estás. ¡Desaparece! —le imperó.

—¿Hay algún problema? —preguntó uno de los camareros, parándose frente a él desafiante y mirándolo.

Se dio la vuelta sin responder y se sentó en una de las mesas del local aledaño sin quitarnos la vista de encima.

—La historia no se va a repetir —dije, recordando a Sheela, su muerte a manos de Antonio. Abracé a Amanda que seguía con la cabeza gacha y temblando—. ¡No lo vamos a permitir! —le dije y miré a Remedios para que confirmara mi afirmación, pero ella estaba de pie. Parecía no escuchar.

Le miraba sin mover un solo músculo, erguida y desafiante. Llena de rabia.

31

Tiempo atrás, cuando le conoció, Amanda se dejó estar a su lado. Perdió su rumbo al verlo encima del escenario, sentado sobre aquella tarima envejecida, sin brillo ni barniz. Se quedó atrapada entre las cuerdas de su guitarra, entre sus dedos de yemas ásperas y uñas largas. Cautiva de sus ojos zarcos, de su pelo negro y sus labios gruesos. Sus pensamientos se fueron tras su voz quebrada, con las notas que tomaban posesión del aire del local de copas donde supieron uno del otro por primera vez. Se le detuvo la mirada sobre su pecho firme, en sus brazos de roble, antojándosele, de forma y manera equivocada, que su espalda y su vientre eran el lugar adecuado para perderse, el sitio, el escondrijo idóneo para anidar sin riesgo. A una hora temprana y tardía a la vez, con las calles aún a medio hacer, caminaron juntos, pegados uno al otro. Él con la guitarra a la espalda, ella con su mano derecha dentro del bolsillo del vaquero de él. Sus caderas se rozaban en cada paso obligadas por el brazo del hombre que tiraba con fuerza de su cintura, que la llevaba hacia sí firme, varonil y posesivo. Esto último ella no lo sintió. Lo confundió. Pensó, y se equivocó al hacerlo, que la fuerza que ejercía él era fruto del deseo y las ganas.

Extraviaron varios besos. El primero en la puerta del local. Dos en el asiento del autobús medio vacío. El último, más profundo y profético, en el rellano de la escalera del portal, apretados contra la pared blanca, junto a la puerta de entrada de la casa de Amanda. El mediodía les sorprendió tendidos en la misma cama. Con las cortinas descorridas y los aleros tomados por el sol. Con el sonido de la televisión vecina y el ruido del timbre del portero automático que avisaba de la llegada del cartero.

—Se me ha hecho demasiado tarde, tengo que irme ya —dijo él poniéndose los vaqueros, calzándose las camperas con prisa, mientras recogía el teléfono móvil y el paquete de tabaco de la mesa del salón.

Regresó al dormitorio. Le dio un último beso en los labios y un pellizco en la mejilla.

—¿Me llamarás? —preguntó Amanda desperezándose, apartando las sábanas de su cuerpo. Al hacerlo dejó al descubierto sus pechos blancos y redondos, su piel salpicada de pecas.

—No lo dudes —respondió con cierto gesto, con cierta expresión peculiar y extraña que a ella debió producirle intranquilidad, pero otra vez se confundió y creyó que aquello era solo un reflejo de la pasión que él sentía. Se agachó y, de rodillas, pegado a la cama, acercó su cabeza al cuerpo desnudo de ella. Mordisqueó con suavidad uno de sus pezones—. ¡Te comería! —exclamó, abriendo después la boca en un gesto que a ella, entonces, en aquel momento, le hizo sonreír. Meses más tarde le haría temblar de miedo.

Se fue dejándola tumbada en la cama, aún sin atar; eso, lo de las cuerdas, los amarres, vendría más tarde, pensó mientras se marchaba. Con la sonrisa y la mirada perdida, onírica y extraviada cerró la puerta del piso y se perdió escaleras abajo. Ella se desperezó tras el ruido que produjo la puerta al cerrarse, junto al tintineo de las llaves que colgaban de la cerradura. Se levantó y estiró sus brazos como si quisiera tocar el techo sonriente; feliz. Descolgó el teléfono y me llamó mientras se tomaba un desayuno tardío; pasado de hora. Yo reí sus gracias, las que me contaba que le había hecho él. Sentí sus ganas y aquellas mariposas que decía le revoloteaban en el estómago, constantes, coloridas como un prisma cuando le da la luz, llenas de vida. Me alegré, y pensé: «Amanda se me ha encoñado», y me gustó.

—Lo único... —me dijo con voz algo quebrada, haciendo una pausa—, es que las cartas no dicen que nos vaya a ir bien. Auguran un mal desenlace. Pero las cartas también se equivocan, ¿verdad? —me preguntó.

—¡Las cartas! —exclamé confusa—. No puedo creer que te hayas echado las cartas a ti misma, ¡joder! Amanda, estoy cansada de escucharte decir que eso nunca se debe hacer. ¡Estás loca! Sí, sí que lo estás, pero de remate.

—No he podido remediarlo —dijo un poco avergonzada—. Me gusta demasiado, muchísimo, pero noto algo extraño, como si él no sintiera exactamente lo mismo que yo. Quizá sea porque me parece mentira estar tan bien con alguien y que él sienta lo mismo que yo..., no lo sé...

Volvió aquella misma noche, sin avisar. Subió las escaleras con la guitarra colgada a la espalda, dos bolsas de comida preparada, un ramo de rosas y dos velas. Ella estaba adormilada cuando él pulsó el timbre, con los dedos aún tensos de haber estado tallando hasta entrado el anochecer. Cogió la bolsa sonriéndole, le besó en la boca despacio, saboreando sus labios y de la mano lo llevó en silencio hasta las alfombras que vestían el suelo del salón. En la entrada esperaban dos mochilas y una maleta. Eran de él. Amanda las recogió media hora más tarde, mientras él servía la comida en los platos, encendía las velas y ponía las rosas en un jarrón. Colgó sus pantalones, sus camisas, las cazadoras. Dobló las sudaderas y guardó las mudas sonriente, pensando que las cartas, sin lugar a dudas, esa vez se habían equivocado porque él estaba allí. Había vuelto y era para quedarse. Cuando se dispuso a ordenar los discos de vinilo y los CD, él no la dejó tocarlos. Se lo prohibió levantando el tono de voz. Exaltado, con la mirada turbia y una expresión esquiva la voceó.

—Lo siento, cariño, es que son especiales para mí —le dijo, llevándola a su pecho y apretándola contra él. Besándole la cabeza al ver que la había desconcertado el tono imperativo de su voz—, entiéndeme, son como tus duendes, algo especial, me da miedo que se rompan. —Y volvió a besar su cabeza y a acariciarle el pelo intentando que ella siguiera confiando, creyendo en él.

Inspiró con fuerza, como lo había hecho otras muchas veces. «Ve despacio —se dijo—, las prisas no son buenas para nada, tienes que ir poco a poco. No vaya a salir corriendo.» Y así, disfrazado, cubierto por una piel que no era la suya, fue anidando en el cuerpo de ella, habitando su mente y su corazón hasta que Amanda creyó que no podía vivir sin él.

—No volverá a suceder. ¡Te juro que no volverá a suceder! Sabes que te quiero, que jamás nadie te va a querer como yo. No entiendo qué me ha pasado...

Las rosas se secaron dentro del jarrón y, poco a poco, las malas palabras fueron convirtiéndose en la antesala del maltrato físico.

—Por qué eres tan inútil, ¿dime? No sabes hacer nada. No sé por qué te aguanto tanto. Ni se te ocurra salir a la calle vestida de esa forma, pareces una cualquiera... Aquí quien manda soy yo, ¿qué te has creído? Cualquier día me marcho y te dejo muerta de asco en esta mierda de casa con tu estúpida vida...

Le perdí la pista cuando las cosas comenzaron a irle mal. Se distanció, me alejé y él consiguió que Amanda se acobardase, que perdiera el contacto con las personas que de verdad la querían, con quienes podían protegerla de él. Hizo jirones de ella, la embarazó y le dio la última paliza. Tras aquellos golpes cobardes, Amanda perdió al hijo que esperaba. Le metieron en la cárcel y Amanda se ocultó dolorida, casi muerta por dentro y por fuera, en aquel granero, bajo la sombra protectora de su padre, entre los brazos de su madre, hasta que Remedios y yo llegamos en su busca.

Aquella noche, cuando él irrumpió de nuevo en su vida, volvió a llorar como lo hacía entonces, hacia dentro. Parecía que el aire de sus pulmones no quisiera retornar y se privaba como una niña chica.

—No te muevas —le dije—, si lo haces puedes cortarte —apunté, retirando con cuidado los cristales que tenía sobre los empeines.

—Las cartas tenían razón, nuestra relación estaba marcada por la desdicha. Y ahora, por mi culpa, por haberle dejado entrar en mi vida, por no haberle dejado después del primer puñetazo, jamás me libraré de sus amenazas, de sus golpes. No dejará que viva en paz, no me dejará vivir. Terminará matándome. Lo sé —dijo sin levantar la cabeza, sollozando.

—Claro que te dejará en paz, ¡por supuesto que lo hará! —exclamó Remedios.

Erguida, sin dejar de mirar al frente, caminó hacia él.

Intenté retenerla, pero no pude.

—¡Déjala en paz! Maldito imbécil, como vuelvas a ponerle la mano encima te corto las pelotas, ¿me oyes? Enano mental, ¿me estás escuchando? —le dijo, alzando el tono de voz.

La gente que había sentada en las terrazas guardó silencio. Miraban hacia la mesa en donde estaban los dos. Sereno, con aire altivo, como si aquello no fuese con él, levantó el vaso de la consumición y puso debajo un billete. Cogió su cazadora de cuero, el casco de la moto que permanecía sobre una de las sillas y mirando a Remedios desafiante, casi rozándole la cara con la suya, le gritó:

—¡Que te den, vieja! —Y levantó su dedo corazón.

—¡Eh!, tú, gilipollas —voceó el camarero que estaba recogiendo conmigo los cristales y se había incorporado al escuchar a Remedios—, ¿quién te crees que eres?

No respondió. Tampoco se giró, ni le miró. Se puso el casco de la moto con calma, introdujo las llaves en el contacto y arrancó perdiéndose a toda velocidad por la avenida.

—¿Cómo me ha encontrado? —se cuestionó Amanda en un susurro—. No entiendo cómo ha podido encontrarme.

—Ha dejado esto con el billete —dijo uno de los camareros, acercándonos un papel.

Era una fotocopia de la página web del herbolario. En ella había varias fotos mostrando los productos de la tienda. Los duendes de Amanda y mis cuadros figuraban, junto a tres paraguas rojos, como los distintivos que definían el local. Sus duendes eran inconfundibles, por suerte o por desgracia, era evidente que le habían conducido hasta allí, pensé con el folio entre mis manos, recordando que días antes vi aquella moto, su moto, cerca de la tienda, también frente a nuestra casa.

—Habrá que ponerle puertas al campo —dijo Remedios—, y a mí se me da muy bien la quema de rastrojos.

—No —respondió Amanda—. No quiero que os metáis en esto. ¡No puedo permitirlo! Recogeré mis cosas y volveré con mis padres. Allí estoy segura y vosotras podréis continuar con vuestros planes. No arruinará vuestras vidas. Sé que si sigo aquí no parará hasta conseguirlo. No le conocéis. Ha conseguido salir de la cárcel, está fuera y no va a parar —dijo temblorosa; acobardada.

—Nuestros planes son los planes de las tres. La historia no se repetirá, no lo permitiremos —dijo Remedios.

—No lo permitiremos —repetí y nos abrazamos a ella.

—La casa invita —dijo el camarero, poniendo sobre la mesa tres nuevas cervezas.

Cogimos las jarras y levantándolas brindamos.

—Por Sheela y Jimena, por las que fueron las brujas de Eastwick y por las que lo serán a partir de este momento: ¡nosotras! —dijo Remedios.

32

Amanda estuvo varias semanas en estado de alerta. Durante la noche se levantaba cada tres horas y, a consecuencia de ello, por el día permanecía somnolienta. Antes de acostarnos salía al jardín y se aseguraba de que los coches estacionados en la calle pertenecían a algún vecino, que ninguno era foráneo. Se sobresaltaba cuando escuchaba el ruido del tubo de escape de alguna moto. Intranquila, con la premonición de que él volvería y se la llevaría para siempre, dejó de tallar y de leer los libros de Sheela. Se ausentó de la realidad. Remedios y yo sabíamos que a pesar de que insistiéramos en que nada le iba a suceder, nuestras palabras no conseguirían que el miedo abandonase sus pensamientos. Por ello decidimos que lo más adecuado era darle un respiro, un tiempo para que poco a poco, a su aire, fuese reponiéndose de aquel nefasto encuentro con su maltratador. Lo importante era estar ahí, a su lado, aunque fuese en silencio. Así lo hicimos día tras día, noche tras noche, hasta que una mañana se levantó y fue sola hasta el herbolario. Recogió las runas, las trajo a casa y, armándose de valor, las esparció sobre la mesa del jardín, al lado de los cubiertos del desayuno que Remedios y yo estábamos tomando en el porche. Los caracteres le indicaron que nada malo le sucedería, al menos durante un tiempo. Sonrió aliviada y una racha de viento cimbreó con fuerza el pruno que daba sombra a la mesa, también arrastró una de las piedras que cayó al suelo. Amanda se agachó para recogerla, pero yo me adelanté. La grafía que mostraba era diferente a la que tenía cuando fue lanzada sobre la mesa.

—¿De qué lado ha caído? —me preguntó.

—No me he fijado —le dije.

Era mejor que no lo supiese, pensé con un nudo en la garganta, con el corazón encogido.

Él desapareció tal y como vino, y como, desgraciadamente, volvería. Lo haría sin dar señales de que estaba allí, como el malhechor que era, que siempre sería. Dejó en nosotras un miedo indescriptible que a Remedios y a mí nos oprimía el corazón y el alma, aunque no diésemos muestras de nuestro temor por ella, por Amanda. En el fondo las dos teníamos el mismo presentimiento, sabíamos que volvería, desgraciadamente todos vuelven. Incluso sus padres sentían la misma inquietud. Se alegraron cuando fuimos a buscarla al pueblo, pero su marcha les llenó de intranquilidad. Estábamos asustadas pero no era solo por su vuelta, por lo que él podría tener entre manos, también por la reacción de Amanda. Ella, igual que le sucedió a Sheela con Antonio, estaba enganchada a aquel chulo malnacido.

El destino parecía que estuviera jugando con nosotras, vengándose de nuestra valentía, no dejándonos hacer a nuestro antojo. Era como si jugase a la ruleta rusa con cada uno de nuestros pasos, ahora sí, ahora no. Pero aquello era la vida y debíamos comérnosla, habitar cada uno de sus recodos, fuesen estos claros u oscuros, me dije mirándola. Ella, más tranquila, guardó las runas en el saquito. Segura de que todo iría bien fue metiéndolas una a una como si estas fuesen de cristal y pudieran romperse. Nunca supo que una de ellas nos avisó de su retorno, de la vuelta de él a su vida.

—Que ese indeseable vuelva no quiere decir que vaya a suceder nada. No permitiremos que le ponga la mano encima —me dijo Remedios cuando se lo comenté—. Además, no seamos tan negativas. Puede que el símbolo no tenga nada que ver con Amanda. Recuerda que ella ya las había lanzado y esa runa cayó al suelo después.

—¡Ya! —exclamé con temor—, pero algo me dice que va a ser así, que volverá, y me da miedo, Remedios, mucho miedo. Me muero si le pasa algo a Amanda. Me sentiría culpable por haberla traído, por haber sugerido poner sus duendes en la página web. Si no lo hubiese hecho, él no la habría encontrado. Sé que la ha encontrado por la página web, lo sé.

—No digas ni una tontería más. Lo habría hecho igual, ¿no ves que es un enfermo? Te aseguro, te doy mi palabra, que no le va a pasar nada...

Septiembre trajo viento, hojas sobre las calles, lluvia y fresco al anochecer. Ocres, verdes deslucidos y granates que tiñeron la sierra y la urbanización. Chaquetas, el abandono de las chanclas y los tirantes, y la vuelta a ese peculiar olor que desprende la ropa guardada durante meses. Regresaron las uvas y las granadas junto a la añoranza del verano que se iba despacio y quejumbroso, como las sombras que se alargan sobre las aceras al atardecer.

Jorge aún seguía fuera. Continuábamos sin mantener contacto alguno. Lo poco que sabía de él era lo que se le escapaba a Remedios y, a veces, hubiera preferido no saber porque ella seguía en sus trece afirmando que su hijo tenía algún lío de faldas y por eso tardaba en regresar.

Abrimos el herbolario diciendo adiós al verano, a aquel extraño y maravilloso verano que nos había unido a las tres en un mismo proyecto, en una nueva vida. Era una tarde de lluvia en la que muchas mujeres asiduas a las consultas de Sheela y amigas de mi madre llegaron a la apertura con sus paraguas rojos recordando viejos tiempos, homenajeando a mi madre y a su amiga. Festejando aquel nuevo comienzo. Al verlas caminando por la acera en dirección al herbolario, subiendo la cuesta, con sus paraguas abiertos, protegiéndose de la lluvia que caía después de la tormenta, no pude evitar buscar a mi madre bajo alguno de los paraguas que desafiaban a la tromba de agua. Sabía que ella estaba allí, no podía ser de otra forma. Estaba segura de que mi madre caminaba junto a todas las mujeres de agua que avanzaban riendo y hablando, seguras de sí mismas, llenas de vida y valor.

Aquella tarde no hubo cartas, ni runas, solo copas, pedazos de tartas de colores que había hecho Remedios y lucecitas rojas, azules y verdes que, colgadas por las paredes del local, fuera y dentro de él, le daban al herbolario un aspecto mágico y medicinal, como siempre afirmaba Remedios refiriéndose a los colores, a su contemplación. La fiesta de apertura duró hasta entrado el anochecer, con la agenda de Amanda llena de citas y dos de mis cuadros vendidos junto a unas ventas más altas de las que habíamos previsto.

—Me da pena apagar las luces y recoger los farolillos del patio —dijo Remedios cuando todos se habían marchado—. Fíjate, Mena, ninguno de los hombres importantes de mi vida ha estado hoy aquí —comentó tristona, sentada sobre una de las cajas de madera que habíamos colocado a modo de asientos.

—Bueno..., es algo que, a estas alturas de curso, no debería pillarte de sorpresa —respondí, sentándome a su lado.

Me miró y sacó un cigarrillo del paquete de tabaco.

—Estaba deseando que no hubiese nadie para por fin dar una calada —dijo prendiéndolo—. Lo sé y no me pilla de sorpresa, solo meditaba sobre ello. ¡Lo que es la vida! —exclamó, exhalando el humo—. Cómo cambian las cosas. Me hubiera gustado que Gonzalo estuviera aquí. Tal vez si se lo hubiese pedido habría venido, ¿no crees?

—Pero no se lo pediste —le dije, quitándole el cigarrillo y dándole una calada.

—No, no se lo pedí. Tal vez ahí no estuve fina porque debería haberlo hecho. Ahora, después de la maravillosa tarde noche que hemos pasado, de la sensación que tengo de que todo vuelve a comenzar, me hubiese gustado dormir con él. Pero no quiero tener ninguna atadura y estoy segura de que siendo el día tan especial como ha sido, él se habría confundido. Me gusta la relación que llevamos, tan desprendida, creo que esa cualidad es lo que la impregna de magia. No quiero que ese duende que tiene se vaya —apagó el cigarrillo y sonrió con un gesto lleno de superación personal; limpio, transparente y vital.

—¿Y si nos tomamos la última en casa? —dijo Amanda.

Cerré la puerta de la tienda y al hacerlo el móvil que colgaba del techo sonó despacio, como si nos dijese un adiós melancólico. Se balanceó con aire taciturno. Nos miramos y sonrientes abrimos nuestros paraguas rojos emprendiendo el camino hacia el coche, que estaba aparcado dos calles más abajo, en un pequeño estacionamiento público. Unos metros antes de llegar sentí en mis brazos la ausencia de *Amenofis*. Lo habíamos dejado olvidado en el herbolario.

—Voy por él —dije y eché a correr hacia la tienda.

«Pobre, pobre *Amenofis*», pensaba agobiada cuando vi la moto circular a mi lado, casi rozándome. El agua que levantó al pasar por encima de los charcos empapó mis pies y mis pantalones. No se detuvo. Cuando llegó junto a la puerta del herbolario se paró y miró la tienda unos segundos, con el motor al ralentí. Después ladeó la cabeza y me miró. Giró el manillar y aceleró derrapando. Se alejó a toda velocidad mientras yo, estática y muerta de miedo, le miraba rezando para que no tomase el camino hacia donde estaba mi coche estacionado. Donde se encontraban Remedios y Amanda. Respiré aliviada al ver que se desviaba una calle antes.

Amenofis maullaba arañando el cristal sin entender mi despiste, el de las tres. Abrí y lo cogí en brazos. Al hacerlo me pareció escuchar la voz de mi madre que me decía: «tranquila, Mena, todo va a ir bien». A pesar de sentir la presencia de mi madre y su protección, las imágenes de la runa, del vino cayendo por las piernas de Amanda, de los cristales rotos, del viento que sopló en aquella terraza cuando él se acercó a su cara soberbio y amenazante, volvieron. Junto a los recuerdos un escalofrío recorrió mi cuerpo y me dejó aterida, paralizada.

—¿Todo bien? —me preguntó Remedios cuando llegué al coche—, estás pálida —dijo preocupada, mirándome fijamente, buscando en mis expresiones una respuesta a mi estado.

—¡Estás empapada! —exclamó Amanda.

—Me he trastabillado y he caído sobre un charco. Estoy helada. El pobre *Amenofis* estaba arañando el cristal como un loco, pobrecito —dije cambiando el tema de conversación—. ¡Toma! —exclamé, dándoselo a Remedios que lo cogió en brazos.

—Arranca y dale al contacto. Pon en marcha la calefacción. Así entrarás antes en calor y los cristales se desempañarán, que no se ve nada —apuntó Amanda.

Me senté al volante sintiendo la mirada de Remedios

escudriñándome, buscando aquello que la desconcertaba de mi actuación, de mi estado de ánimo a todas luces inusual, sobre todo para ella que me conocía como si me hubiese parido. Giré la llave en el contacto y un ruido de tubo de escape sonó cerca de mi ventana, al lado. Fue un instante. Se acercó y desapareció igual de rápido. Los cristales traseros estaban completamente empañados. Miré a Remedios y ella me hizo un gesto con el que me indicó que guardara silencio por ella, por Amanda que había cogido a *Amenofis* y le hablaba sin enterarse de nada de lo que sucedía fuera del coche.

33

Jorge regresó la primera semana de octubre, cuando la lluvia empapaba los tejados, los árboles, las calles y mi corazón. Entonces ya no salíamos al porche, nos reuníamos junto a la chimenea. Los murciélagos, como nosotras, se habían recluido para comenzar su descanso invernal y el licor de bellota dio paso al café caliente con un chorrito de brandy, a la manta sobre los hombros y el crepitar nostálgico de las ascuas. Amanda tallaba sus duendes en la buhardilla, junto a mis lienzos de colores mediterráneos. Tanto sus tallas como mis cuadros se vendían a través de nuestra página web mejor que en la tienda. El herbolario se iba convirtiendo en un lugar de referencia en la zona y las redes sociales. Los ingresos que percibíamos los destinábamos a cubrir los gastos de mantenimiento del local, el pago de la mercancía y los materiales. Llevábamos muy poco tiempo con la tienda a pleno rendimiento, pero nuestra alegría era infinita al ver que nuestro pequeño negocio comenzaba a dar sus frutos. Vivir trabajando en lo que nos gustaba y ser nuestras propias jefas era un sueño hecho realidad, más en aquellos momentos en que tener trabajo comenzaba a ser, desgraciadamente, un privilegio.

—Es nuestra seña de identidad. ¡Ves! Justo ahí —me indicó Remedios, señalando el tablón que colgaba sobre la puerta de entrada con el nombre del local—, ahí deberías pintar un paraguas rojo. Nos protegerá. Es más, deberíamos venderlos.

—Sí, con el mango de madera, como los vuestros, como los de Sheela y tu madre —apostilló Amanda al tiempo que removía los tizones de la chimenea con el atizador y con la otra mano cogía el vaso del café para darle un sorbo.

Allí, en mi chimenea, al día siguiente de la apertura del herbolario, al mediodía, quemé la nota que su ex dejó la noche de la apertura tras el encuentro que tuve con él, después de que pasara derrapando amenazante con su moto al lado del coche. Aquella noche no pude conciliar el sueño y, temiéndome lo peor, al amanecer fui a la tienda antes de que Amanda se levantase. Adelanté mi salida para que Remedios, que siempre subía la persiana de su dormitorio con los primeros rayos de sol, no me viera marchar hacia la tienda. Sabía que él había vuelto al herbolario y si era así, si había dejado su rastro fuese este el que fuese, no quería que Amanda lo supiera. Tenía que protegerla.

Encontré la nota enganchada entre las rejas de la puerta, pegada con celo a uno de los barrotes. «Volveré», era lo único que ponía en ella, amenazante, llena de exclamaciones. En la fachada dejó una pintada con espray rojo: «Eres mía, Amanda. Siempre lo serás.» Guardé la nota en mi cartera y entré en el herbolario angustiada. Busqué la pintura que nos había sobrado cuando arreglamos la fachada para borrar con ella aquellas palabras malditas que de ser leídas por Amanda la harían volver a sufrir.

—Si me das una brocha, te echo una mano —me dijo una de las vecinas con un gesto cálido en su rostro—. Lo hizo anoche. Le vi desde mi terraza. Estaba retirando las macetas, se habían mojado demasiado con la lluvia y no quería que se encharcasen las plantas. Pegó el rollo de papel a la reja y pensé que estaba dejando una nota para vosotras, que sería algún amigo vuestro o un cliente, pero cuando sacó el bote de espray y comenzó a pintar la fachada le grité. Le dije que iba a llamar a la policía, pero él ni me miró, siguió pintando. Mi marido salió corriendo, descalzo, pero no le dio alcance. Imagino que no querrás que Amanda lo vea, ¿verdad?

—¡Gracias! —le dije.

—No tienes que dármelas, sé lo que es un acosador. Mi hermana lo ha sufrido mucho tiempo, pero, finalmente, hemos conseguido ponerle freno. Ha rehecho su vida, lejos de nosotros, pero lo ha conseguido. La ley, en la mayoría de los casos, está hecha para proteger al culpable, es irónico, ¡tan asqueroso!...

Amanda no se percató de que la fachada tenía parte de la pintura fresca y de que yo miraba al cielo rogando para que no lloviese hasta que la pintura se hubiera secado del todo. Remedios entró con una de las yemas de sus dedos pintada de blanco, me la enseñó sin que Amanda la viese y me preguntó qué había pasado, bajito, casi pegada a mi oreja.

—Adivino que este es el motivo de tu madrugón, ¿me equivoco?

—Él —le respondí en un murmullo.

—Como vuelva me lo cargo. Te juro que como le ponga la mano encima le mato —dijo tajante, con una expresión de rabia en su rostro que me asustó, y caminó hacia la trastienda en donde estaba Amanda desembalando algunas cajas de pedidos.

Aquella noche quemamos la nota en la chimenea recitando un conjuro de alejamiento que Remedios y yo, asustadas pero decididas, buscamos en los libros de Sheela. Mientras Amanda dormía en su cuarto ajena a lo que estábamos haciendo, a lo que había sucedido, nosotras pedíamos que él no regresara jamás a la vida de nuestra amiga. Y tal como vino desapareció. No volvimos a saber de él. Se fue como aquella tormenta que pareció traerlo de la nada, regresarlo del pasado. Incluso la pintura de la fachada se secó de forma inusual, como si bajo ella nunca hubiera habido nada. Como si todo formase parte de un mal sueño o una alucinación.

Mientras la madera ardía en la chimenea y charlábamos sobre la idea de colocar el dibujo del paraguas como seña de identidad del herbolario, me pareció ver la nota que quemamos días atrás resurgir entre las ascuas. Temblé presa del miedo que me produjo pensar que aquello era una de mis premoniciones.

—Es un papel que termino de echar —dijo Remedios que vio mi expresión y mis ojos fijos en el pliego.

Amanda seguía removiendo los tizones, ajena al significado real de nuestra conversación.

—No vuelvas a hacerlo —le dijo Amanda molesta—. ¿No ves que prende enseguida y el olor es insoportable? Bueno, Mena, qué te parece nuestra idea sobre los paraguas. ¿Lo pintarás en el cartelón del nombre?

Tardé tres días en pintar el paraguas rojo y ellas una semana en encontrar un fabricante que se adaptara a nuestro presupuesto y forma de pago, que tuviera los paraguas rojos que queríamos, con los mangos de madera. Tras ello comencé a esbozar un seriado en el que solo había paraguas rojos. De diferentes formas: abiertos del todo, a medio abrir, cerrados, inclinados, torcidos... Cuando terminé tres de los óleos que formaban el seriado se los mostré.

—Tienen vida propia, Mena. Parecen reflejar diferentes estados de ánimo —dijo Remedios cuando los vio—. Son preciosos. Creo que no debes venderlos en la página web y que deberías mandárselos a tu hermano a Londres. Estoy segura de que los colocará todos a muy buen precio.

—Yo le he dicho lo mismo, Reme. Tienen vida propia, la vida de cada una de nosotras. Es como si en ellos hubiera ido plasmando nuestra alma, nuestros estados de ánimo. Lo que hemos ido viviendo. ¡Este es mío! —dijo señalando el más grande, abierto y lánguido.

—Ya he hablado con Adrián, le he mandado una foto de los tres y me ha dicho que cuando tenga suficientes para exponer se los mande. Le han gustado tanto o más que a vosotras.

Remedios cogió su teléfono móvil e hizo una foto de los tres óleos. Tras teclear en su móvil sin dejar de mirar los cuadros dijo:

—Jorge dice que son maravillosos. Quiere verlos en cuanto regrese, si no te importa. Creo que su aventura ha debido terminar antes de lo previsto porque regresa este fin de semana.

»Lo malo es que yo no estaré en casa. Me voy al pueblo con Gonzalo. Eduardo tampoco está. Tiene una conferencia en Bruselas, eso dice —apostilló con una sonrisa irónica—. Nada más y nada menos que en Bruselas, ¡qué se le habrá perdido allí! Había planeado todo y ya veis, mi marido cumple expectativas, pero mi hijo, siempre ha sido igual de imprevisto. Hasta para nacer. No se le ocurrió fecha mejor que el veintinueve de febrero. ¡Tenía que venir al mundo un día que solo existe de vez en cuando!

—Cada cuatro años, Reme, no de vez en cuando. Tienes un hijo bisiesto —dijo divertida Amanda—. Has olvidado cómo es Murphy, parece mentira que no lo hayas tenido en cuenta para hacer tus «noplanes» —concluyó bromeando.

—Lo sé, pero me da igual de qué lado caiga la tostada —respondió Remedios—. Tengo los billetes en mi cartera y la maleta preparada hace días, también esa colonia de feromonas que Gonzalo adora.

»No te rías tanto, ¡guapa! Os tocará bregar con él a las dos. Tenéis que hacerme ese favor —dijo, mirándonos con expresión de súplica.

—Reme, hablas de tu hijo como si aún fuese un bebé —le respondió Amanda—. Ya es mayorcito. El muchacho lleva el humo de cien batallas en sus pantalones. Además, yo también me marcho. Nos pillamos el puente todas, o sea que se las apañe para hacerse los purés solito.

—Mena, ¿tú también te vas? —me preguntó un tanto angustiada.

—No, sabes que no —le respondí—. Dime qué quieres que le diga, lo que le has contado que vas a hacer y adónde vas. No vaya a ser que meta la pata. Pero, como dice Amanda, los purés tendrá que hacérselos él...

Abrí la puerta como el primer día que nos vimos, con los ojos entrecerrados, el pelo revuelto, en pijama y con una manta por encima de mis hombros. El viento arrastró parte de la hojarasca que había en la entrada, también su perfume que se posó sobre mí como un beso. Con su mano derecha sujetaba un ramo de tulipanes rojos y en la otra traía un paquete de comida preparada.

—Es sushi —dijo como si terminara de marcharse, como si hiciese unas horas que nos habíamos visto—. Espero que tengas un vino apropiado, si no me escapo a casa y pillo una botella de la bodega de mi padre.

«¡Dios! —pensé—, Remedios no sabe lo que ha hecho al irse y dejarme a cargo de este dios griego. ¿O sí?», me pregunté inquieta.

34

Hacía tiempo, desde que abrimos el herbolario, que tenía la malsana costumbre, o, dependiendo de cómo se mire, cómoda y relajante manía, de dejarme estar los fines de semana. Ese abandono mío incluía dormir hasta entrado el mediodía, malcomer y dedicarme a pintar casi sin receso. Soltaba los pinceles lo justo y necesario; cuando mi estómago, mi vista y el empacho olfativo que me producía el olor del óleo me obligaban a parar irremediablemente. El almuerzo solía estar compuesto de cualquier cosa que, para ser comestible, no necesitara encender los fogones. La pereza y el poco interés que despertaba en mí guisar me obligaba a tener varios platos precocinados invadiendo el congelador con sus enormes e inútiles envases de cartón. La nevera era dominio de Amanda. Los viernes la cargaba de frutas, yogures con cereales, leche de soja, ensaladas preparadas de pasta o lechugas de todas las variedades habidas y por haber. Ella, para mi desgracia, los festivos, tampoco guisaba. Decía dedicarlos a una limpieza integral de su organismo. El microondas se convirtió en mi aliado y la dieta vegetariana en la de Amanda, que debo reconocer le sentaba muy bien tanto a su piel como a su índice de masa corporal. Los lunes esperábamos ansiosas y desnutridas los pucheros que Remedios nos hacía y que nos devolvían las fuerzas y las ganas. Aquella especie de desidia, de pasotismo fue lo que hizo posible que terminase los bocetos del seriado de paraguas y que Amanda fuera poco a poco incrementando el stock de sus duendes sin tener que dejar de lado las obligaciones que el funcionamiento del herbolario nos imponía a las tres los días laborables, en los que apenas teníamos tiempo para organizar las tareas domésticas. Aquella desgana, necesaria para soportar el ritmo frenético semanal en el que nos habíamos metido, también afectaba a nuestro vestuario y aspecto físico. Y así, desganada y necesitando la chapa y pintura que solía hacerme los domingos, fue como Jorge me encontró aquella noche de viernes. Le abrí la puerta desgreñada, restregándome los ojos, y vestida con el pijama más horroroso que tenía. Adormilada y sin cenar:

—Tú..., ¿tú no regresabas el sábado? —le pregunté desconcertada.

—No. Hoy viernes. Ya veo que mi madre ha vuelto a hacer de las suyas y no te dijo que llegaba hoy.

—Pues no —dije.

—Bien, voy a por el vino —me dijo, sonriendo al tiempo que me miraba de arriba abajo con expresión de desconcierto—. ¿Te encuentras bien?

—Sí, estoy bien. Ve a por el vino. Dame un receso de media hora para organizarme y despabilarme un poco. Estaba dormida. Necesito ser consciente de lo que hago cuando vuelvas y te cierre la puerta en las narices. Quiero disfrutar del portazo con todos mis sentidos, a pleno rendimiento —respondí.

Me restregué los ojos mientras pensaba en lo rápido que

iba a tener que ducharme, porque cerrarle la puerta iba a ser muy difícil, me dije mirándole con cara de pocos amigos, intentando disimular mi alegría y las ganas de abrazarme a él.

—¿Traigo el vino o me meto en la cama? —dijo sin expresión alguna en su rostro—. Si te incomodo me vuelvo a casa y no regreso.

—Deberías haberme puesto un WhatsApp como mínimo. Una llamada, un algo.

—No vayas a decirme ahora que fue lógico como me trataste. No sé por qué reaccionaste de esa forma y delante de tu amiga. No me merezco ese trato. Solo te estaba pidiendo una explicación al envío del gato para mi madre. Por cierto, ¿dónde está?

Señalé mis pies. *Amenofis* tenía la costumbre de perseguirme por la casa y cuando me paraba se subía encima de mis pies y se enroscaba. Le tenía ahí, sobre mis zapatillas mientras preparaba la comida, incluso cuando pintaba, en cualquier momento en el que estuviese de pie y quieta. Lo hacía desde el día en el que se quedó encerrado en el herbolario.

—No se separa de mí. En realidad, es más mío que de tu madre. Lo traje a casa de forma temporal, hasta que tu padre se marchara, y se ha quedado a vivir. Es un polizón muy cariñoso —dije, cogiéndolo en brazos—. Ahora no sabría pasar sin él.

»¡Lo siento!, siento haberte contestado de aquella forma, pero tú fuiste el responsable. Deberías entender que no soy quién para darte explicaciones de algo que no me compete. Lo apropiado hubiera sido que le preguntases a tu madre. Estoy segura de que aún no lo has hecho.

—Voy a por el vino —dijo, cambiando el tema de conversación—. Aprovecho para organizar algunas cosas y regreso en media hora. Si te parece bien, si me prometes que no me darás con la puerta en las narices —dijo, guiñándome un ojo. Y yo, encandilada, asentí con un movimiento de mi cabeza—. Bien, ¿puedes guardar el sushi en la nevera y poner los tulipanes en agua?

Cenamos sentados en el suelo, sobre una de las alfombras que Amanda, fiel a sus principios, había colocado al lado del gran ventanal del salón. Con las cortinas descorridas que dejaban ver el jardín alumbrado por una de las farolas de la urbanización. Iluminados solo por las velas que él fue encendiendo mientras yo preparaba las bandejas de sushi y mezclaba el wasabi con la soja en los cuencos. Con las canciones de Cat Stevens sonando y el olor del incienso de limón habitando aquel momento, haciéndolo aún más especial.

—Voy a vender las tiendas —hizo una pausa para dar un sorbo de vino, pequeño, como una pincelada que recorriera su paladar y tiñese sus palabras de fuerza, de valor. Me miró fijamente y continuó—: las ventas han ido cayendo en los últimos años. Pensé que podría hacerme con las pérdidas, pero es imposible. He estado intentando ponerle un parche, buscar un socio, por eso he tardado tanto en volver. Solo he encontrado un comprador.

—¡Dios! —dije—. ¡Maldita recesión de mierda! ¿Lo sabe tu madre?

—No. Aún no le he dicho nada. Sé que no querrá. Es el legado que nos dejó papá Fermín. Lo más importante que conserva de su padre. Ella se crio bajo el mostrador. Mi abuelo no dejó que estuviera sola ni un minuto. Mi abuela falleció al nacer y papá Fermín peleó con uñas y dientes por darle a mi madre un futuro sin carestías económicas. Decía que bastante había tenido su hija con no conocer a su madre como para también pasar calamidades. No querrá pero debo intentar convencerla, de lo contrario las deudas podrán con nosotros. Lo perderemos todo.

—¿Cuándo piensas decírselo? —le pregunté, volviendo a llenar su copa de vino.

—El lunes. Voy a llevarla a comer fuera. Pero no solo es eso lo que tengo que decirle. Cuando cierre la venta me marcharé. Sé que eso le hará aún más daño. Lo único positivo de todo esto es que ahora, a diferencia de antes, os tiene a vosotras y a *Amenofis* —dijo acariciándolo—, y a ese tal Gonzalo —esto último lo dijo en un tono un tanto irónico.

—¿Sabes lo de Gonzalo? —le pregunté sorprendida.

No me respondió. Se acercó y me besó. Recorrió con sus dedos mi cabeza y quitó la goma de la coleta alta que sujetaba mi pelo. En silencio, sin dejar de mirarme a los ojos, retiró la manta de mis hombros y desabrochó los botones de mi camisa poco a poco, deleitándose en cada ojal. Y yo le dejé hacer. Le sentí, habité sus gestos, sus caricias, sus envites rítmicos y pausados, la destreza que tuvo cuando entró en mí. Sus gemidos se acoplaron a los míos y el placer mutuo dio paso a la risa.

—¿Qué es lo que te hace tanta gracia? —preguntó poniendo su mano en mis labios.

—¿Y a ti? —le respondí porque él también se había reído al mismo tiempo que yo, justo después del orgasmo.

—No ha sido risa, es un sentimiento desconocido de felicidad —dijo, levantándose y yendo a por la botella de vino.

—No queda vino, nos hemos bebido la botella que trajiste —le dije mientras le contemplaba desnudo, aún con el olor de su piel pegado a la mía. Con el miedo a engancharme a él yendo y viniendo, encharcando mis pensamientos.

Conocía aquella maravillosa sensación de dependencia

que producía la piel de otro. Aquel no saber estar sin una mirada, sin un gesto o una caricia, sin escuchar el sonido de su voz y el dolor que producía la carestía, la ausencia cuando todo terminaba. Me había jurado a mí misma que no volvería a repetirse. Pero aquel juramento significaba dejar de vivir y yo estaba demasiado viva. No podía evitarlo.

35

A veces las cosas suceden como si formasen parte del guion de una película perfecta, de ese instante tan esperado como único e irrepetible. Y todo se rodea de un halo de magia, como si lo que se está viviendo fuese un cuento de hadas o un sueño del que uno no quiere despertar. El momento es tan preciado como contemplar o sostener entre tus manos a una criatura recién nacida, tan frágil y único como su vida asomándose al mundo; estrenándolo. Como lo es su llanto de neonato o esa risa, esas primeras carcajadas que te embaucan y hacen que la vida tenga sentido, pero que al tiempo te indican que el hechizo de tus manos sosteniendo sus primeros pasos, atajando su llanto o carcajeándote con él, pronto se irá. Y ya no llorará ni reirá como antes, con ese duende que habita toda primera vez.

Me rodeó con su brazo mientras vertía el vino en el vaso. Antes de ello prendió la chimenea, le echó unos cuantos troncos y avivó el fuego. Cogió la botella y el vaso y se sentó detrás de mí, rozándome con sus antebrazos, con su pecho pegado a mi espalda, haciendo de aquel momento algo cálido y difícil de explicar. Creo que lo sabía, notaba lo que yo estaba sintiendo porque llevó el vaso a mi frente y la rozó con él. Deslizó la superficie de cristal por ella despacio de izquierda a derecha y de derecha a izquierda. Después me besó en la cabeza. Fue un beso corto, medido, que me recorrió por dentro y por fuera y que pensé que me estaba robando algún pensamiento. Algo se llevó de mí. Pegué mi piel desnuda a la suya, inspirando con fuerza, y me acurruqué. Levantó el vaso y vertió el líquido encarnado en él. Escuché el sonido sin ver cómo caía. Miraba, sumergida en mis sentimientos, sentada entre sus piernas, como los árboles se cimbreaban llevados por el viento, como la luz de las farolas iba y venía jugando al escondite entre las hojas de los prunos y los castaños que poblaban los jardines interiores de la urbanización. Sentía, solo sentía.

Era un tinto añejo que nos supo a gloria, una botella que encontró en la despensa, en el fondo de uno de los muebles. Debía llevar allí mucho tiempo, tal vez demasiado porque, al caer en el vaso, su olor encarnado y seco me recordó a algunos momentos que pasé con mi madre en la cocina. Recordé cómo ella y Remedios charlaban muchos mediodías acompañadas de un vaso de vino tinto mientras los guisos iban cogiendo el punto de cocción o el dorado del refrito dejaba aquel olor tan especial.

Antes de darle un sorbo miré la botella. Le cogí la mano y la giré para ver la etiqueta. Acerqué el vaso a mi nariz y olí el caldo grana cerrando los ojos, después le di un sorbo. Lo saboreé despacio, enjuagando mi boca con él. Suspiré y pensé: «Va por ti, madre. Tenías razón: ¡es tan hermoso sentir!»

—¡Ey! —exclamó Jorge—, ¿qué sucede, pequeña? —dijo, apretándome contra él.

En aquel momento, tras sus palabras, supe lo que me había robado con aquel beso, cuando deslizó la superficie del vaso por mi frente. Se había llevado parte de mi corazón, de mis pensamientos, de mi alma. Y ahora él estaba ahí, en ese rincón del alma que todos tenemos.

—Nada —dije y le besé la mano con la que aún sujetaba la botella.

—La echas en falta, sigues sintiendo su ausencia, ¿verdad? —dijo.

—Sí. Ese vino era suyo. Lo tomaba mientras guisaba. No sé cómo estaba aún ahí. Recogimos todo... —Hice una pausa recordando su risa, a ella con el vaso en la mano levantándolo para brindar—. Retiramos casi todo —puntualicé, mirando la botella.

—Alguien me dijo un día que las madres nunca deberían morir —dijo, volviendo a besar mi cabeza—. Le hubiera gustado mucho verte feliz, porque ahora eres un poquito feliz, ¿verdad? Dime que sí, aunque solo sea un poquito, con eso me es suficiente.

—Estoy bien —le respondí—. No quiero ir más allá. Tú te marcharás y yo me voy a quedar aquí. Es la historia de siempre. Un hola y un adiós. Y, la verdad, estoy un poquito harta.

—Puedes venirte conmigo, en el caso de que al final me marche. Me gustaría que lo hicieses. Pero te estás anticipando a los hechos. Mi madre tiene la última palabra, no puedo vender sin su consentimiento y si no vendo, no sé qué haré. Ahora lo único que me preocupa es estar contigo, disfrutar estos días juntos. Solos. Llevo demasiado tiempo queriendo tenerte como para ahora, cuando al fin te tengo aquí —y me apretó contra sí derramando unas gotas de vino sobre mi pecho—, pensar que lo nuestro solo va a durar dos días, un mísero fin de semana. ¡Ni lo pienses!

—Si te marchas, no me iré contigo. Tal vez lo nuestro no dure y abandonar todo lo que hemos ido construyendo tu madre, Amanda y yo sería una imprudencia. No sabemos nada el uno del otro, no hemos convivido, no hemos vivido más que un tira y afloja constante. Tu vida, Jorge, es muy diferente a la mía. Has vivido mucho menos que yo. No sé ni cómo se va a tomar tu madre que estemos juntos, no creo que le guste. Me gustas, mucho, pero eso no es suficiente para que una relación funcione. Hay demasiados condicionantes de por medio. Además, está la barrera de la edad, eres mucho más joven que yo y tus metas y gustos terminarán siendo otros.

—Esto no es una relación, pequeña. Esto son sentimientos y los sentimientos no entienden de edades, ellos van a su aire. Dándoles tantas vueltas a las cosas no vas a conseguir nada, solo embarrar lo que ahora tienes.

—Tú lo ves muy fácil, todos lo veis así. Los hombres sois pragmáticos por naturaleza.

—Voy a hacer unas migas con el pan duro que tienes y ese trozo de chorizo abandonado en la despensa. Tengo hambre. El sushi será muy sano, pero me ha dejado con más hambre de la que tenía al llegar —dijo, levantándose—. Mientras tanto, ¿puedes remover los maderos? —dijo, señalando la chimenea—. Lo siento, soy tan pragmático... —Me dio un beso en los labios.

»Despeinada y pensativa ¡estás preciosa! —exclamó mirándome de pie, a mi lado.

Sin responderle le dejé ir. Me puse la blusa y con las pinzas coloqué los maderos.

—Voy a darme una ducha —dije, alzando el tono de voz—, ¿subes conmigo y luego hacemos las migas juntos? —le pregunté.

—Va a ser que no, pequeña. Mejor te espero aquí, no sea que nos enzarcemos en un debate y nos dé por teorizar sin sentido. Cuando termines subo yo y mientras me ducho tú te encargas de hacer café.

Desperté sola en la cama, casi al mediodía. Sobre la almohada tenía una nota de él.

«Te veo en unas horas. Tengo que solucionar unos temas pendientes.»

Me desagradó no encontrarle a mi lado, durmiendo, pero pensé que aquello me vendría bien para poner en orden mis pensamientos y hacer acopio de bebidas y algunos víveres. Me duché y organicé el salón y la cocina, después llamé a Amanda.

—¡Madre de Dios!, no me digas que te has tirado al dios griego. Dime, ¿qué tal se lo monta?, debió de ser todo un festival.

—No vas a cambiar nunca —le dije riendo—. Sí, lo fue. Es increíble. Diez sobre diez. Pero...

—Pero..., no hay peros que valgan. Porque estoy donde Jesucristo perdió el mechero un día de lluvia, que de no ser así ya estaría allí. Esto hay que celebrarlo a tope, tienes que contarme todos los detalles. Haremos una fiesta con vino del bueno, pero sin su madre, las dos solitas, porque si Reme se entera te retira la palabra de por vida, jajaja. Y a él le corta las pelotas. Has comido del fruto prohibido, olé tus ovarios, nena.

—No creas que es tan estupendo el tema —le dije un tanto apagada.

—¡Cómo que no lo es! —exclamó indignada—. Es lo más, lo más mejor que has podido hacer. No vayas a decirme ahora que no te apetecía, si llevabas un lustro con ganas de tirártelo.

—Sí, Amanda, pero el problema es que me gusta. Me gusta demasiado.

—O sea que te estás enamorando, ¡ay, Dios!

Después de hablar con Amanda cogí el coche para ir al pueblo. Al arrancar el chivato del depósito saltó indicándome que había entrado en la reserva, por lo que tomé dirección a la estación de servicio. Al pasar por uno de los bares más frecuentados por él y sus amigos lo vi sentado en una de las mesas. No estaba solo. A su lado había una chica, de teta, como diría Remedios. Charlaban animadamente. Levantó su mano y se incorporó rápido. Por su actitud pareció que esperaba que yo me detuviera, pero no lo hice. Conocía a la joven, había estado saliendo con él. Y pensé: «Soy pragmática, tanto como él, por mis ovarios que lo soy.» Llené el depósito. Volví a casa, paré el coche en la entrada y sin apearme del vehículo llamé a Amanda.

—¿Te importa si voy a casa de tus padres ahora?, a pasar el fin de semana con vosotros —le dije lloriqueando como una niña pequeña.

—¿Qué ha pasado? —me preguntó preocupada.

—¿Puedo ir? —insistí.

—Sabes que sí —me dijo—, pero antes tranquilízate y dime qué ha pasado.

Entonces sentí los golpes de sus nudillos sobre el cristal de la ventanilla del coche.

36

—No sé qué demonios te pasa. ¿Por qué no has parado? No vayas a decirme ahora que no me has visto. ¡Abre!, por favor.

Bajé la ventanilla sin mirarle y él apoyó sus brazos mientras yo le decía a Amanda que la llamaba en unos minutos. Le miré y me pregunté: «qué narices estoy haciendo, si estoy enamorada hasta las trancas de él». Apreté el cierre centralizado y las puertas se abrieron. Dio la vuelta y se sentó en el asiento del copiloto. Sin decir nada puso en mis piernas una bolsa.

—¿Qué es? —le pregunté sin tocar la bolsita de papel malva.

—¿No piensas decirme qué es lo que te ha pasado? Me has asustado. Cuando no has parado he pensado que algo iba mal. No creo que haya sido porque estaba tomando una cerveza con Sonia. Dime que no ha sido por esa tontería —dijo mirándome fijamente.

Callé mientras abría la bolsa.

—No me jodas, Mena. Sonia es una amiga. Hace tiempo que nuestra relación se terminó. La llamé antes de regresar para que me comprase...

Levanté en mis manos los pinceles que terminaba de sacar de la bolsa y él calló.

—¿Ha comprado ella los pinceles para mí? —pregunté en un tono cargado de ironía y rabia—. No lo creo —dije seria y tajante.

—Sí, lo ha hecho. No veo por qué no iba a hacerme el encargo.

—Pues porque son para mí y ella ha sido tu pareja —le dije, devolviendo los pinceles a la bolsa, y la puse encima de sus piernas.

—¡No seas cría! —exclamó—. No lo estropees todo ahora. Me han costado una fortuna. El pelo es especial y la madera también. Están hechos a mano. Hasta llevan tus iniciales. ¡Ni las has visto!

Sacó uno de ellos de la bolsa, me guiñó un ojo y lo pasó por mis mejillas como si estuviera maquillándome los pómulos.

—Estoy seguro de que con ellos harás unos óleos preciosos. Me gustas, Mena, y mucho —dijo, y tras cerrarme los ojos con sus dedos me besó.

Amanda tenía razón, ¿por qué iba a ser como las demás veces?, ninguna es igual. Y si lo era, formaría parte de mí, me haría crecer, vivir y sentir. Qué más daba si era más joven que yo, que su madre fuese mi mejor amiga, que me pusiera los cuernos o me fuese fiel hasta la demencia. Me gustaba, mucho. Me hacía sentir única, querida, mujer, me daba la vida con cada gesto, en cada sonrisa, en cada una de sus caricias. Me volvía loca aquella manera especial que tenía de contemplarme mientras pintaba o cuando se incorporaba del pequeño sofá de la buhardilla y venía hacia mí. Cuando cogía mi mano y simulaba dirigir él las pinceladas sobre el lienzo. Aunque me costara admitirlo, pensé, estaba loca por él.

Caminamos bajo la lluvia la última noche de aquel fin

de semana que pasamos juntos. En silencio y abrazados. Lo hicimos sin embarrar aquellos sentimientos al pensar en un futuro que siempre, irremediablemente, es incierto.

—¿Y ahora qué? —le dije cuando me dejó en la puerta de casa. Él miraba el reloj porque tenía que ir a buscar a su madre a la estación.

—Ahora voy a buscar a Reme. Mañana hablamos. Te llamo a última hora de la tarde. Hazme un favor, deja de pensar por los demás, sobre todo por mí.

Entré en la casa, conecté la radio y me senté en el sofá, junto a la chimenea con la vista perdida en las llamas que provocaban los maderos al arder.

—No puedo creer que lleves ahí sentada toda la noche. Son las dos de la madrugada. Me da que mañana me va a tocar abrir la tienda a mí. Bueno, mañana no exactamente, dentro de unas horas —dijo Amanda, acercándose y mirando su reloj de pulsera con un gesto de cansancio—. ¿Has cenado?, traigo un bizcocho que se sale. Voy a por leche y damos cuenta de él ya mismo porque creo que lo que te pasa es que tienes una falta de azúcar brutal y te has quedado atascada en algún pensamiento tonto...

—¡Ay!, Mena, que mi Jorge sabía lo de Gonzalo —dijo Remedios cuando, entrado ya el mediodía, atravesé la puerta del herbolario—. No sé cómo se ha enterado, o lo ha deducido, pero nada más recogerme en la estación de cercanías me lo ha espetado. Se lo he negado, le he dicho, le he perjurado que es mi amigo, nada más que un amigo que hicimos durante el viaje. Casi me da un *parraque*. Imagínate qué situación. Tienes que cubrirme, ¡prométemelo! Quería llamarte pero Amanda no me ha dejado. Dice que te encontrabas mal, ¿estás mejor?

La sujeté por los hombros intentando que se calmara porque su perorata era incesante. Miré a Amanda y ella me hizo un gesto de negación con su cabeza. La noche anterior había comentado con ella la conveniencia de decirle a Remedios que Jorge y yo estábamos juntos. Me sentía mal ocultándoselo y no estaba segura de que Jorge le hablase de ello, al menos por el momento. Al ver el gesto de Amanda pensé que no era el momento más adecuado. Tal vez debía callar y esperar a que se diese una ocasión mejor o a que ella se enterase por su hijo o por deducción propia. Pero, mi silencio, para Remedios, podía significar una traición a nuestra amistad, algo que no quería que sucediese por nada del mundo porque ella, para mí, era muy importante, siempre lo sería.

—No puedo cubrirte —le dije mirándola a los ojos, frente a frente. En un tono seco y cortante. Ella se encogió de hombros dando a entender que no me comprendía.

—¿Por qué? ¿Por qué no puedes cubrirme? —preguntó con gesto apesadumbrado y al tiempo de incredulidad.

Amanda fue hacia la puerta del herbolario y dio la vuelta al cartel de abierto. Giró la llave en la cerradura, me miró y movió la cabeza de derecha a izquierda en un gesto recriminatorio hacia mis palabras. Después entró en la trastienda dejándonos a solas en el local. Remedios nos observaba aún más desconcertada, sin entender qué estaba sucediendo, qué nos traíamos entre manos.

—No puedo mentirle a Jorge, ni a ti puedo ocultarte nada. Os quiero demasiado a los dos —le dije con los ojos brillantes y la voz ronca, ahogada.

—Pues por eso, Mena, porque nos quieres debes cubrirme las espaldas.

—Remedios… —dije con un nudo en la garganta que no me dejaba vocalizar con normalidad.

—¿Qué pasa, Mena?, me estás asustando —inquirió ante mi pausa, ya con gesto de preocupación.

—Jorge y yo nos hemos acostado. Hemos pasado el fin de semana juntos.

—¡Ay, Dios mío! —exclamó.

37

Aquel tiempo pasó a formar parte de los mejores años de mi vida. Con sus idas y venidas, con la risa y el llanto a flor de piel, con los sentimientos encontrados y las ganas de vivir, de seguir luchando pegadas a nuestra piel y nuestros actos. Las tres teníamos una meta, algunos sueños por cumplir y la necesidad de sentir, de seguir sintiéndonos vivas. Nos teníamos unas a las otras y ese era nuestro baluarte, nuestra fuerza para seguir adelante y, poco a poco, hacernos cada día más fuertes, más mujeres: mujeres de agua bajo un paraguas rojo. Con las ideas claras, la frente alta y el mundo por montera. Libres, redimidas hasta de nuestros sentimientos, de esa falsa moral que, tiempo atrás, nos oprimió impidiéndonos ser quienes verdaderamente éramos, no dejándonos hacer a nuestro antojo. Matándonos en vida.

Fueron unos años en los que la vida corrió por nuestras venas e inundó nuestra piel de ganas, de rebeldía y metas por alcanzar. Habíamos aprendido que el paso por este mundo se reduce a un instante tan pequeño como el aleteo de una mariposa, tan breve como una puesta de sol, y no estábamos dispuestas a desperdiciar ni un minuto de nuestra vida en dejar de ser nosotras mismas. Porque aquello, el no traicionarnos, no tenía precio, era lo que realmente nos daba valor para seguir adelante.

Nuestra verdadera unión comenzó cuando Remedios se negó a que Jorge vendiese la cadena de tiendas de papá Fermín y rehipotecó el chalet para hacer frente a las pérdidas del negocio. Con aquel aporte de capital consiguió que Jorge no abandonase España y que el negocio de su padre siguiera funcionando. Su marido, Eduardo, no pudo negarse a ello, aunque puso muchos peros y alegaciones en contra que trajo documentadas por el bufete de abogados de su empresa. En aquel, según él, riguroso estudio de inversión se hacía hincapié en la eminente crisis que se avecinaba y en las pérdidas que habían tenido las tiendas en los dos últimos años. Calificaban la inversión de alto riesgo. Pero Remedios decidió jugárselo todo a una sola carta y descubierta. Hacía unos meses que había tomado las riendas de su vida de la mano de Gonzalo y le gustaba galopar; a pelo. Le había cogido el gusto a ser ella misma por encima de todo, a decidir sin estar sujeta a nada ni a nadie.

—¿Para qué quiere él tener el chalet pagado? —cuestionó, mirándonos a Amanda y a mí mientras nos partía el bizcocho de frambuesa que había hecho el día anterior y retiraba la cafetera de la placa vitrocerámica—. El muy cretino —dijo repartiendo el café humeante en las tazas. Amanda y yo la mirábamos sonrientes, orgullosas de su valentía. Divertidas con sus gestos de indignación—, si no está aquí más que para cambiarse, darse una ducha, llevarse la ropa limpia y asegurarse la vejez entre el vaho que desprenden sus camisas cuando las plancho y el de mis guisos. ¡Mis guisos! —exclamó con ironía—. Dice que le recuerdan a los de su madre. Cómo me encrespa que diga eso. ¡Que Dios la tenga en su gloria!, pero era una bruja. Jamás me dio las recetas originales. Se saltaba ingredientes para que no me saliesen igual. ¡Cómo le van a recordar mis comidas a los guisos de su madre, si no se le parecen en nada! —concluyó, tomando asiento indignada.

Nos dio el informe del bufete de abogados para que lo leyéramos mientras soplaba el café.

La miré mientras abstraída en sus pensamientos se bebía el café y esperaba a que nosotras leyésemos el informe. Recordé sus palabras cuando le dije que Jorge y yo manteníamos una relación.

—En menudo lío me habéis metido los dos. Ahora ¿qué voy a hacer con vosotros? —dijo, llevándose las manos a la cabeza—. ¡Con lo que os quiero a ambos!

—Pues dejarlo estar, Reme —le respondió Amanda, poniendo sus manos en los hombros de ella y haciendo que se sentase—. Ya sabes cómo es el amor de cabrito, aparece y desaparece sin pedir permiso donde menos lo esperas. ¡Es lo que hay! —concluyó sonriéndole.

—No sé si voy a acostumbrarme a veros juntos. ¿Y si tenéis una pelea, y si te hace una faena o se la haces tú a él?, ¿qué voy a hacer, a quién le voy a dar la razón? Y mi Jorge es tan mujeriego, tan volátil..., y tú, Mena, ya estás de vuelta de muchas cosas. Él aún no sabe ni de la misa la media. ¡Ay, Dios mío! ¿Qué voy a hacer con vosotros?

—Seguir queriéndonos como lo has hecho hasta ahora —le dije abrazándome a ella—. No involucrarte demasiado...

Levanté la vista de los papeles y le dije:

—Creo que en cierto modo tienen razón, corres bastante riesgo de perder el chalet si el negocio sigue yendo mal y seguir pagando la hipoteca de la casa sin tenerla. Pero, por otro lado, sabes que estoy a favor de que hagas lo que creas más conveniente. Tú eres la dueña de todo y en eso se incluye tu destino. No voy a engañarte, egoístamente, me gustaría que Jorge siguiera aquí, que no tuviera que volver a empezar fuera de España. Sé que si se va tal vez no vuelva a verle porque no voy a marcharme con él. Lo único que tengo es el herbolario y no puedo dejarlo, nuestra relación no es lo suficientemente sólida para hacerlo.

—La decisión está tomada. Os he pasado los papeles de ese estudio, que no niego sea realista y futurible, para que los veáis, pero voy a rehipotecar y relanzar el negocio de papá Fermín. Lo voy a hacer por mi padre, por mi hijo y por mí, en ese orden, también por tocarle un poquito las narices a mi marido. Si Eduardo no está de acuerdo me da igual. Estoy segura de que si nos quedamos sin el chalet porque las cosas van mal, se irá con esa jovencita que huele a Dior. Con esa niña de pecho que un día de estos le mata de un infarto. Ahora le ha dado por practicar submarinismo y eso es cosa de ella, estoy segura —dijo, levantándose para poner otra cafetera.

—Remedios, deberías ser un poco más permisiva con Eduardo —se atrevió a decir Amanda—. Tú también le estás siendo infiel.

—No me jodas, Amanda —respondió, dándose la vuelta—. Yo le he sido infiel porque él se olvidó de mí, me emparedó entre estas cuatro paredes. Estuvo engatusándome durante años como si fuese una niña pequeña. Él fue quien me llevó a los brazos de Gonzalo. He querido a mi marido con toda mi alma, siempre, y creo que siempre le querré, pero ahora las cosas son diferentes. No puede venir a imponerme nada, a dejarme un montón de papelotes legales y marcharse tras esa joven de vaqueros rotos y pechos puntiagudos que parece su hija, diciendo que se preocupa por nuestro futuro. Qué futuro, qué futuro. Su futuro, el nuestro no...

Remedios rehipotecó el chalet y Jorge, gracias a ello, se

quedó a unos metros de mí, en el chalet de al lado, en casa de su madre. Colándose en cada minuto de mi vida; en cada paso que daba, en cada luna llena, en las pinceladas de mis óleos, en el amanecer y el café de la mañana. Cantando las canciones de Ari Hest con su voz ronca y perfecta. Habitando mis horas, llenando mi estómago de mariposas y mi corazón de ganas de vivir, de seguir latiendo con fuerza, acelerándose cada vez que sus dedos rozaban mi piel.

Entonces, durante aquellos días, el tiempo pareció detenerse, arrodillarse sumiso a nuestros pies. Pero él, el tiempo, jamás se detiene.

38

El herbolario fue asentándose en la zona. Se convirtió en un sitio de referencia en el que se respiraba la magia. El local desprendía algo especial y único que pareció tomar vida propia y llenar de energía a todo el que traspasaba su umbral. Incluso las plantas que Remedios colocó en los estantes y el suelo crecían verdes y tupidas sin apenas cuidados. Quizá fuese el olor a madera y betún de Judea de los muebles, el incienso de jazmín, o el bálsamo que desprendían las hierbas medicinales. Tal vez aquel encantamiento procedía del sonido de las runas cayendo sobre la mesa o el chasquido de las cartas del tarot al ser barajadas cuando Amanda pasaba consulta. Es posible que fuese todo aquello unido a una parte de Sheela que aún permanecía allí, viva entre sus paredes encaladas. Fuera lo que fuese, aquella quietud que solo Sheela conseguía imprimir al alma humana, a todos los que, angustiados, se acercaban a su consulta buscando una respuesta y hallaban también consuelo, parecía seguir en aquel lugar. Imperecedero, latente y fuera de nuestro raciocinio. Sí, las tres lo sabíamos. Aunque no lo comentásemos, aunque guardásemos silencio por miedo a romper el hechizo, sentíamos la presencia de Sheela, incluso su perfume. En cada paso que dábamos, al abrir cada bote de hierbas, al encender cada vela ella se hacía sentir a nuestro lado. Era como si abriese su paraguas rojo sobre nosotras y nos protegiese con él.

La empresa de Eduardo, el marido de Remedios, comenzó a hacer aguas, como, desgraciadamente, le sucedió a la mayoría en los comienzos de la crisis. Las gratificaciones a final de año se fueron reduciendo y las dietas y los viajes de negocios se hicieron menos habituales y más restrictivos. Remedios ya no disponía de los ingresos que antes le reportaba el negocio de embutidos de papá Fermín. Los beneficios que iba generando se destinaban, en su mayoría, a cubrir los pagos de la hipoteca que les había permitido seguir con el negocio. La nueva situación económica obligó a Eduardo a ajustar su presupuesto personal. Tuvo que reducir cenas y escapadas, también los regalos que le hacía a su joven amante de pechos prietos y curvas de carretera comarcal. Y ella, la otra, se distanció poco a poco de él. Con pasos de pantera y ojos de gata audaz buscó una nueva presa, un nuevo hotel de lujo donde habitar. A vuela pluma, con las mismas excusas que él le había puesto a Remedios, ella fue yéndose, alejándose de Eduardo. Le dejó con la bombona de oxígeno y el traje de buzo aparcado en el maletero del BMW de empresa.

Remedios abrió una bolsa que trajo de casa y sacó el traje de buceo de Eduardo.

—Estoy por darle un agua en una palangana y dejárselo ahí, en la entrada de la puerta de casa, para que lo vea todos los días en vez de mandarlo al tinte, que es lo que me ha pedido el muy cara dura —dijo con expresión de asco, sujetando el traje con dos dedos por una de sus mangas.

»Ahora que estaba aprendiendo a respirar bajo el agua,

prieto, estrujado dentro del trajecito este —dijo meneándolo—, la pécora esa, que solo tiene piernas, va y le deja. Y lo peor de todo no es que le haya dejado, no. Lo peor es cuándo lo ha hecho.

Amanda y yo que estábamos preparando las mesas para la reunión de los sábados, la miramos sin entender qué pasaba.

—¿Para qué lo has traído a la tienda? —le pregunté extrañada.

—Eduardo debió ponerlo junto a las bolsas en la cocina y me he dejado allí los cruasanes y he cogido esta porquería que huele a pescado pasado de fecha —apostilló, simulando que lo olía.

—¿Cómo sabes que le ha dejado su amante? —preguntó Amanda.

—Lleva bastante tiempo sin tener sexo conmigo —respondió ella, mirando su reloj de pulsera—, y eso es un indicativo claro de que algo está pasando. O le ha dejado, o le tiene a dieta.

—No entiendo nada, Reme. Si no tiene sexo contigo lo más probable es que lo esté teniendo con otra. Es una pauta clara que conocemos todas.

—No, chata, de eso nada. Los hombres, la mayoría, cuanto más sexo tienen más fácil les resulta volver a tenerlo.

—Piensas continuar con los dos. No creo que Gonzalo aguante mucho tiempo así —le dijo Amanda—. Tarde o temprano la situación reventará por algún lado, Reme.

—No lo sé, Amanda. No tengo idea de lo que voy a hacer. Me cuesta pensar en ello. Me agota. Además, ¿por qué narices tengo que tomar una decisión? ¿Por qué no puedo seguir como hasta ahora el tiempo que quiera o pueda?

—Porque tú no eres así —le dije sin pensar.

—Sé que soy egoísta, pero él lo ha sido durante más

tiempo conmigo. No es cuestión de venganza, ni de nada parecido, Mena. Quiero a Eduardo, pero estoy enamorada de Gonzalo. Es jodido, lo sé, pero..., Eduardo no se ha parado ni un minuto a pensar en lo que hacía, en lo que estaba haciendo, o si yo sufría, ¿por qué lo voy a hacer yo? Tal vez cuando vuelva de este viaje le pregunte a qué se debe que sus vaqueros de adolescente estén muertos de risa en el armario. Solo se ha llevado dos trajes, los más sobrios. Está perdiendo facultades, o ganas. ¡Pobre pescadito de alta mar! —concluyó en tono irónico, pero con cierta tristeza en sus ojos, porque aunque se hiciese la fuerte quería a su marido.

Desde hacía tiempo organizábamos una fiesta en el herbolario el último sábado de cada mes. Nos reuníamos con las clientas más asiduas y sus parejas a medianoche. Gonzalo, que pasaba aquellos fines de semana con Remedios, hacía una queimada recitando su conjuro para todos nosotros. Amanda echaba las cartas o esparcía las runas aleatoriamente. Aquellas reuniones se habían convertido en un reclamo que le daba cada vez más repercusión y ventas al negocio y que provocó rechazo en algunos círculos del pueblo. Recibimos varias denuncias por actividades ilícitas que nos obligaron a ejecutar la queimada en el patio trasero del local.

Aquel era el último sábado del mes. Eduardo se había ausentado durante todo el fin de semana y Gonzalo llegaba en unas horas al hotel donde Reme y él se encontraban lejos de la inconformidad de Jorge ante la relación que su madre mantenía con Gonzalo, al que llamaba el Peter Pan oportunista. Todo se desarrolló con normalidad hasta que, al final de la velada, el duende de Remedios que permanecía con los incunables de Sheela, junto al libro de mi madre, *El rodaballo*, cayó al suelo. Amanda lo recogió y volvió a colocarlo en su sitio. Llevaba allí desde que abrimos el local. Amanda, después de comprobar que estaba intacto, pasó su mano derecha por la cara del gnomo como si lo acariciase y lo acopló empujándolo para que la base fuese firme y no volviera a caer. Al darse la vuelta el duende volvió a precipitarse sobre el suelo del local. Lo hizo acompañado de la novela que relataba las andanzas de aquel pez plano que mi madre no consiguió terminar de leer, de aquel rodaballo misterioso y charlatán. Amanda ya no lo devolvió a su sitio, ni al libro ni al duende. Me miró y bajito, en un susurro para que ni Remedios ni Gonzalo escuchasen sus palabras, me dijo:

—¡Algo va a pasar! Recojamos ya. Debemos marcharnos lo antes posible de aquí.

Llegó cuando Amanda y yo almacenábamos apresuradas los farolillos que daban luz al patio. Cuando Gonzalo, que abrazaba a Remedios, le indicaba, levantando su mano, la situación de la Osa Mayor en aquel cielo anochecido. Mientras besaba su cuello.

Y entonces el tiempo se detuvo una vez más. Lo hizo a su antojo, jugando con nosotras, riéndose de nuestros planes, de nuestra felicidad. Demostrándonos que nada es previsible, que cualquier cosa en cualquier momento puede suceder. Gonzalo se giró al escuchar como aquella voz ronca, profunda y entrecortada pronunciaba el nombre de ella. Remedios, muda y sobrecogida, no acertó a moverse ni pronunciar palabra alguna. Él, en silencio, quieto como una estatua de sal, dejó caer el ramo de rosas rojas que había comprado para Remedios. Aquel ramo tardío, pasado de fecha y lugar. Algunos de los pétalos, tras el seco impacto, se desperdigaron sobre las losetas del patio. Otros, empujados por el viento, llegaron hasta los pies de Remedios que inmóvil miraba a Eduardo, su marido, como si estuviera viendo a un fantasma. La botella de vino de reserva, esta vez sin perfume ni rastro de sábanas blancas, de amores prohibidos, siguió a las flores y cayó segundos después. El líquido rojo le empapó los zapatos de tafilete marrón y los bajos del pantalón del traje de ejecutivo. Intenté acercarme para separarle de los cristales, algunos de gran tamaño y filo, pero Amanda me detuvo sujetándome por los hombros. Remedios quiso vocalizar el nombre de su marido cuando él se giró y emprendió el camino hacia la salida, pero la voz se le quebró.

39

Damos demasiadas cosas por hecho. Nos acomodamos como si todo estuviera ahí, quieto, esperándonos sin variación alguna. Olvidamos que la vida sigue sin esperarnos y que somos nosotros los que no debemos perder ripio. Y un día, esa falsa seguridad, esa desidia que produce no valorar lo que tenemos, nos hace perdernos en la playa que pensábamos conocer palmo a palmo, en el bosque, la montaña o la orilla del río al que acudíamos diariamente. Entonces deambulamos como proscritos en un lugar que ya no es el mismo, en el que su orografía ha sido alterada por la erosión o las pisadas que otros dieron sobre las nuestras haciéndolo suyo.

Eduardo dejó que Remedios se marchitara poco a poco. Que fuese perdiendo pétalos como lo hicieron las rosas que aquella noche le llevó al herbolario con los tallos rodeados de celofán transparente. Dejó que luchase en soledad por aquella relación que llevaba sonámbula más de una década, por aquel matrimonio suyo que se mantenía en pie a la pata coja. La olvidó tras los pucheros, la repostería de colores y el vino que ya no abrían para celebrar el aniversario. Aquella fecha, la que les unió en planes de futuro, la que les llenó de sonrisas y sueños por cumplir de la mano, quedó enterrada bajo un puñado de albaranes, cierres anuales, cenas de negocios o aquella escusa desganada y sucia de: «no entiendes lo cansado que estoy». Hasta que un día, alguien que no era él, volvió a perderse en los lunares de la espalda de ella, a sujetarla por la cintura en la calle, a retirar los pucheros del fuego y no dejarla hacer. A besarla entre el aroma que desprendían los bizcochos haciéndose en el horno y saborearla como si fuese la última vez que lo hiciera. Y ella, de nuevo, volvió a sentirse mujer sin que a su lado estuviera él, su marido.

—¡Dios!, Dios mío, Dios mío —exclamaba Remedios, con la mano en la frente—. ¡Cómo he podido olvidar que hoy es nuestro aniversario!

—¿No será porque él lleva olvidándolo más tiempo que tú? —le espetó Amanda agachada, mientras recogía los cristales del suelo—. Te dije que deberías habérselo dicho. Las mujeres somos rematadamente tontas, Reme. Unas pobrecitas, te lo digo yo. Siempre nos pillan. Ellos se pasan media vida poniéndonos los cuernos y pocas veces conseguimos demostrar que es así.

»Menos mal que no le ha dado por ponerse tonto, por envalentonarse con Gonzalo.

—Seguro que ha vuelto antes porque quería darme una sorpresa —dijo susurrando, como si hablase hacia dentro, consigo misma, ajena a lo que le había dicho Amanda, ausente a los movimientos intranquilos de Gonzalo, que no paraba de andar de arriba abajo y de abajo arriba por el patio sin saber qué hacer.

—¿Quieres que me marche? —dijo con expresión ida, parándose frente a ella desubicado.

—¿Qué vas a hacer ahora? —le dije y aparté a Gonzalo con mi mano indicándole que la dejase.

—No lo sé, Mena, no lo sé. No quiero tener movida, no quiero hablar de nada porque sería remover demasiadas cosas y ahora no tengo fuerzas. Nunca imaginé que pudiera suceder esto. Ha sido culpa mía por no decírselo —dijo, apoyando la cabeza en la mesa y tapándosela con los brazos.

Gonzalo se acercó a ella y la abrazó.

—Dime qué quieres que haga. Si quieres que me vaya me marcharé ahora mismo —volvió a repetir.

—Nada, no quiero que hagas nada —respondió Remedios agarrándole una mano—. Quiero irme al hotel contigo...

Le dolió ver cómo Eduardo metía las cosas en el maletero del coche sin dirigirle una sola mirada, sin haber intercambiado una palabra con ella. Se marchó en silencio, recio e impasible, frío como un bloque de hielo. Sin alterarse ante las lágrimas de Remedios, que hiposa, apoyada en el marco de la puerta de su casa, le miraba esperando algún gesto suyo. De vez en cuando ella se levantaba las gafas y con un pañuelo de papel limpiaba sus ojos. Sufrió al ver cómo se vaciaba el despacho, cómo los empleados de la empresa de mudanzas cargaban aquella mesa de caoba que tantas veces había limpiado con esmero. Y, como una chiquilla, acongojada y triste, pensó en una nueva ubicación para el jarrón con las flores recién cortadas que solía ponerle a su marido cada tres días al lado de la foto de Jorge. Revisó los armarios vacíos, sin los trajes que ella siempre repasaba al recoger del tinte. Echó en falta sus camisas y sus corbatas, ordenadas por colores. Suspiró al ver el zapatero desocupado. El estante de las colonias le pareció más grande de lo habitual y el eco del baño medio vacío rozó sus oídos como un susurro recriminatorio. Se miró en el espejo, despeinada, con las mallas estrechas y la camiseta de algodón ceñidas a su cuerpo delgado, sin una sola gota de maquillaje, pálida y demacrada, gimoteando frente al reflejo de su imagen. En sus manos aún sostenía el jarrón, tan huérfano como ella, igual de inseguro y desubicado ante la nueva situación. Se encogió sobre sí misma y se sentó en el suelo con el recipiente entre sus piernas, acariciando el cristal.

—Reme, ¿dónde andas? —grité desde la puerta que permanecía abierta.

No me respondió. Preocupada entré y la busqué en las habitaciones.

—No sé qué voy a hacer, Mena. No lo sé. Estoy perdida, ¡te lo juro! ¿Cómo puede haber reaccionado así?, ¿cómo? No ha querido ni hablar conmigo. Él, que ha estado años siéndome infiel, ahora me trata como si fuese una criminal. Él, Mena, que es quien más tiene que callar. Él que me ha hecho sufrir tanto y al que jamás he recriminado nada.

—Es una estupidez que te martirices. No sirve para nada darle vueltas. Tarde o temprano tendría que enterarse, lo sabes. La relación que mantienes con Gonzalo ya no es una simple aventura. Era evidente que Eduardo terminaría sabiéndolo.

—Sí, si lo entiendo, pero no es lógica su actitud. Nunca quise que se terminara de esta forma. Me merecía comprensión. Al menos tendríamos que haber hablado. Yo fui permisible y comprensiva con él. Luché por nuestro matrimonio y parece que no le importe nada todo lo que he pasado y sufrido por mantenerle a mi lado. ¡No lo entiendo! Además tenemos un hijo, Mena. No sé qué le voy a decir a Jorge cuando regrese mañana. Sí, no me digas que ya no es un niño —dijo mirándome—, lo sé, pero sigue sufriendo por todo lo que nos pasa a los dos. Lo pasará mal.

—Por eso he venido. Jorge me ha llamado hace unos

minutos para que viniese. Está preocupado porque no le has cogido el teléfono.

—No puedo hablar con él, Mena. No sé qué decirle, cómo decirle lo que ha pasado. ¡Cómo! ¿Cómo voy a decirle que su padre se ha marchado de casa para siempre?

—Solo tienes que decirle que estás bien, es lo único que quiere saber. El resto ya se lo he explicado yo. Hablé con él después de que Gonzalo y tú os marchaseis del herbolario. Le dije que esperara a hoy para llamarte. No sé si habrá hablado con su padre. No me he atrevido a preguntarle. Haz el favor de llamarle, está muy preocupado. Después, cuando hayas hablado con Jorge, si quieres, buscamos un nuevo sitio para el jarrón —concluí, quitándole el recipiente de las manos.

«La vida, a fin de cuentas, es eso, un hola y un adiós», pensé, una vez más, abrazándome a ella. Pero ella, Remedios, mi Remedios, nuestra Remedios, no se merecía ese adiós seco, frío y distante. Después de todo lo que había luchado y aguantado, ella no.

40

Remedios fue poco a poco adaptándose a su nueva situación, a vivir sin esperar los regresos de su marido, sin pensar en con quién estaría en cada uno de sus viajes, o quién le acompañaría en la cama. Después de la marcha de Eduardo solo le importaba no poder volver a hablar con él. Solo pensar en que tal vez no volvería a verle la desestabilizaba emocionalmente. Seguía con la carencia de una conversación entre adultos que su marido no había querido mantener y de vez en cuando, como una madre que no acepta haber perdido a un hijo, le mandaba un WhatsApp que él no respondía. Los días que le escribía, cada cinco minutos miraba su teléfono móvil esperando aquella respuesta que nunca llegaba. Lo que sabía de Eduardo era a través de su hijo, de Jorge. Él le informaba de los movimientos de su padre que se había establecido en un ático en la capital y parecía no haber perdido sus usos y costumbres. Vivía como si hubiera recobrado la adolescencia. Mientras él se divertía a cuerpo de rey sin saber nada de su mujer, Remedios seguía intentando buscar una explicación a la reacción tan drástica que Eduardo había tenido con ella.

—A veces pienso que estaba esperando a que yo le diese un motivo para marcharse —nos dijo una de aquellas tardes en las que miraba su teléfono, llorando.

Habían pasado cuatro meses desde que Eduardo se marchó.

Amanda y yo pensábamos lo mismo, pero no teníamos valor para decírselo. Ella había idealizado siempre a Eduardo, aunque lo criticase, aunque se hartara de llorar por las esquinas o bajo aquellas sábanas vacías, aunque se hubiera acostado con Gonzalo y mantuviese una relación de pareja, quería a su marido. Siempre le había querido y lo más probable era que jamás dejara de hacerlo.

—Tienes que intentar olvidarle, dejarlo estar, Reme —le dijo Amanda, acercándole una caja de pañuelos de papel—. No vamos a estar repitiéndote lo mismo cada día, es absurdo hacerlo si tú no pones un poquito de tu parte. No sé qué pensará Gonzalo de tu estado, si es que lo conoce —concluyó, mirándola inquisitoria.

—Me voy a ir de aquí —dijo hipando, acongojada, casi sin poder respirar.

—Pero..., ¡qué dices! —exclamé.

—Gonzalo quiere que vivamos juntos. Me ha propuesto que me marche con él y he decidido que voy a hacerlo. Me voy a Galicia.

—¿Qué vas a hacer allí? No soportarás la rutina del pueblo —le dije.

—Y el herbolario, y nosotras —dijo Amanda.

—Vosotras os arreglaréis bien sin mí. En realidad, el herbolario lo lleváis solas. Yo formo parte del atrezo. He sido la conexión para algunas clientas, para volver a darle vida, pero nada más. Esto es una etapa que llega a su fin —respondió con un velo de tristeza en sus ojos—. Me vendrá bien cambiar de aires. Quiero empezar de nuevo. Necesito ponerle un punto y final a todo esto. Solo podré superarlo si me marcho de aquí. Hay demasiados recuerdos que me impiden seguir adelante.

»Necesito que lo entendáis, que me apoyéis...

La marcha de Remedios supuso un antes y un después en nuestras vidas, en la vida del herbolario. Fue como si algo se rompiera, como si la magia que había guiado nuestros pasos hubiese desaparecido tras los suyos. Como si al no estar las tres juntas el herbolario no tuviera razón de ser. Mi madre decía que el tres era un número mágico. Nosotras lo perdimos con su marcha.

—Las runas avecinan cambios, separaciones y un nuevo camino —me dijo Amanda—. Esto se termina, Mena —concluyó con expresión preocupada en su rostro.

Yo estaba colocando un pedido, agachada en uno de los estantes, en la trastienda. Me incorporé y la miré encogiéndome de hombros.

—¿Qué dices? —le inquirí desconcertada—, ¿a qué te refieres?

—Cuando Reme se marche, el herbolario y nuestro futuro darán un giro radical. Las runas no se equivocan, Mena. Nuestros caminos se separarán.

—¡No digas tonterías! —exclamé—. Estoy segura de que Remedios volverá tarde o temprano. Con Gonzalo o sin él —le dije esperanzada, con el alma y el corazón en un puño—, y aunque no fuera así, nosotras podemos seguir con el herbolario.

Tiempo después Jorge tuvo que comenzar la venta de la cadena de embutidos, fue deshaciéndose de los locales poco a poco porque las ventas no daban suficientes beneficios y las deudas con los proveedores crecían a la velocidad de la luz empujadas por los intereses de demora en los pagos. Colgamos juntos el letrero de se vende en la fachada del chalet, sobre las paredes en las que se había criado. Tristes pero esperanzados. Necesitaba venderlo para poder cancelar la hipoteca pendiente y que su madre no cargara con la deuda de por vida de una casa que no era suya, de la que no podría disfrutar nunca más. La empresa de mudanzas embaló los muebles de Remedios y los trasladó al pueblo, a la casita de campo con huerto que habían alquilado Gonzalo y ella para vivir juntos huyendo de la mirada y las malas formas de la hermana de Gonzalo, que no aceptaba a Remedios en su territorio.

Ya con las habitaciones vacías, con la cocina sin los aperos y adornos de Remedios, las ventanas sin cortinas ni estores, el jardín esquilmado de algunas de sus plantas y árboles que nos llevamos a mi casa para transplantar, Jorge se sentó en el suelo del salón y mirando hacia la chimenea comenzó a llorar como un niño.

—¿Qué voy a hacer ahora? —inquirió con la mirada perdida, con expresión de desamparado.

Me acerqué a él, me senté a su lado y le abracé con fuerza.

—Seguir viviendo, Jorge. Aún los tienes a los dos. Piensa en ello. Esto es la vida. Solo es un cambio de ruta, nada más que eso.

—¿Qué voy a hacer con mi vida, Mena? —repitió—. El negocio que levantó mi abuelo con tanto esfuerzo se ha ido al garete, me lo he cargado. No sé a qué me voy a dedicar. Mi madre se ha ido, me he quedado sin casa y mi padre parece un adolescente loco e irresponsable. Ayer me dijo que iba a pedirle el divorcio a mi madre. No se ha molestado en hablar con ella y ahora le va a pedir el divorcio sin tan siquiera mantener una conversación.

En ese momento nos dimos cuenta de que no habíamos retirado los móviles del jardín. Remedios tenía colgados varios de las ramas del olivo que había al fondo, rozando la valla que delimitaba la parcela. Había cinco, ubicados de forma estratégica por ella para, según afirmaba, ahuyentar a los malos espíritus. Un viento fuerte e inesperado comenzó a azotar los árboles y los móviles produjeron un sonido agudo y desordenado que nos sobrecogió a los dos. Pareció que nos avisaban, que se zarandeaban con una fuerza inusual para llamar nuestra atención. Casi al mismo tiempo el ruido del tubo de escape de una moto se escuchó cerca, amenazante, como si en cualquier momento fuese a entrar en el salón de la casa. Aceleraba y desaceleraba, quemando ruedas, en la entrada del chalet. El olor de la gasolina quemada, fuerte e inconfundible, invadió la estancia.

—¡Amanda! —grité inconscientemente—. Está sola en la tienda —dije sintiendo, como parte de un mal presagio, el olor del incienso, del betún de Judea y de la madera de los muebles del herbolario.

Jorge se levantó. Corrió hacia la calle, pero ya no había ni rastro de la moto que nos había ensordecido. Yo marcaba el número del herbolario y el del teléfono móvil de Amanda aleatoriamente sin recibir más respuesta que la voz del servicio de contestador automático.

—¡Venga! —gritó Jorge ya subido en su moto—. Vamos al herbolario —dijo y señaló el horizonte cubierto, en parte, por una cortina de humo.

Escuchamos las sirenas camino de la tienda. Primero fue la de la policía, que nos adelantó, después los bomberos y finalmente varias ambulancias.

41

—Ha vuelto a dejar el paraguas de Sheela en la entrada.
Mena no tiene remedio, es incorregible —pensó en voz alta
Amanda, frunciendo el ceño.

El día anterior llovía y yo me lo llevé. Aquella mañana
lo devolví a la tienda pero lo dejé fuera de su sitio. Siempre
que lo utilizaba, por costumbre o inercia, cuando lo devolvía lo dejaba en el paragüero que teníamos en la entrada.

Soltó los botes de hierbas que estaba colocando en los
estantes y yéndose hacia él lo sacó del paragüero y lo colgó en el aro de metal dorado que Sheela había puesto en el
mostrador. Según le había dicho Remedios, Sheela, antes
de regalárselo a mi madre, solía tenerlo siempre allí, a mano.
Decía que nunca se sabía cuándo una iba a necesitar un paraguas protector. Al enganchar el mango de madera en la
argolla dorada sintió el sonido ensordecedor del tubo de
escape de la moto. Tras él se sucedió el golpe que las botellas de cristal llenas de gasolina dieron sobre la ventana de
la tienda al romper el vidrio. *Amenofis* dio un maullido agudo y largo y echó a correr espantado. Al saltar en el aire
presa del miedo, sus uñas se engancharon en la colcha de

ganchillo que yo había colgado en la pared. La arrastró en su carrera hasta llegar al patio donde consiguió zafarse de ella.

Amanda contempló paralizada cómo las botellas entraban en el local y caían justo al lado del estante en donde ella, minutos antes, estaba colocando varios botes de hierbas medicinales. Los cristales rotos se esparcieron por el suelo como si fuesen bombas de racimo. Tras ellos el líquido inflamable se derramó y prendió ayudado por la mecha encendida que llevaban los envases en su boca. Las llamas cubrieron, en unos segundos, las losetas de barro cocido. Alcanzaron las paredes, los cuadros y corrieron por los estantes en donde estaban los incunables de Sheela y los duendes de Amanda. También el libro de mi madre, *El rodaballo*. Amanda, con los pies en llamas, con los zapatos ardiendo, corrió hacia los estantes y, desesperada, palmeó los libros y golpeó los duendes. Descontrolada, sin saber qué hacer daba manotazos sobre los lomos de los incunables en un intento vano de salvarlos de las llamas. Aterrorizada, tosiendo, con la cara y la boca ennegrecida por el humo, con las manos y las piernas quemadas corrió hacia la trastienda y rodó por el suelo junto a las mesas y las sillas que había plegadas en el patio. En su huida se enganchó con los cables de los farolillos que utilizábamos para alumbrar el cenador y quedó tendida inconsciente con la novela, *El rodaballo*, de mi madre quemada entre sus brazos.

El tabique trasero que daba al patio se salvó de la explosión y las llamas. Al lado de los ladrillos desnudos estaba Amanda tendida como una muñeca de trapo. La tienda y todo su contenido fue consumido por el fuego a excepción del mostrador. Este permanecía como si nunca hubiera formado parte de aquella desgracia, como si en el momento del incendio estuviera en un espacio-tiempo diferente que lo hubiera protegido. En su esquina, colgando de la anilla dorada, estaba el paraguas rojo de Sheela. Su rojo carmín se había oscurecido por el humo, pero no tenía más rastro de aquel fuego asesino que los tizones negros que las llamas y el viento habían escupido sobre él, tal vez enfurecidas al no poder alcanzarlo. Ni a él ni a Amanda, que también estaba cubierta de cenizas, con la piel y los pulmones negros, pero viva. *Amenofis* permanecía sobre el único muro que no se derrumbó, encima del tabique trasero. Maullaba mirando a Amanda como si fuese un perro en vez de un gato y quisiera llamar la atención de los servicios de emergencias para que la atendiesen de inmediato. No sé en qué momento llegó a mis pies. Sentí su pelo sobre mis empeines y cómo restregaba su cabeza en mis tobillos. Al cogerle rompí a llorar y mis lágrimas, al caer sobre él, se tiñeron del negro que cubría su pelo. A unos metros de Amanda estaba la colcha de ganchillo que *Amenofis* arrastró en su huida. Entre sus hilos de algodón encontré dos de sus uñas.

Salimos tras la ambulancia que se la llevaba al hospital. Con *Amenofis* dentro de mi pecho, entre mi cazadora y sujeto por la cremallera, inmóvil y asustado. Al marchar tras la ambulancia vimos cómo muchos de los vecinos aún tenían en sus manos los cubos de agua que habían utilizado para intentar sofocar el incendio. Los corrillos de gente tras el cordón de la policía hablando entre ellos y señalando la desolación del local, aquel montón de escombros negros en el que se había convertido nuestro sueño. Las imágenes se sucedieron mudas, a cámara lenta, como si formasen parte de una pesadilla.

Permaneció en el hospital quince días, arropada por sus padres que llegaron entrada la madrugada y por Remedios y Gonzalo que se desplazaron nada más conocer la noticia. Remedios quiso instalar a los progenitores de Amanda en la habitación de mi hermano, pero ellos se negaron a abandonar los aledaños del hospital y pernoctaron en la furgoneta y la habitación de su hija, turnándose para dormir con ella. Solo iban a mi casa para asearse. Después, encogidos, sumergidos en su dolor, volvían al hospital con la sonrisa puesta y los ánimos cargados para que Amanda se recuperara lo antes posible, no solo de sus heridas físicas, sino del dolor y el vacío que les había dejado aquella aberración.

—¿Cómo está *Amenofis*? —me preguntó preocupada—, mi madre me ha dicho que está muy bien, pero quiero que tú me lo repitas. Ella es capaz de mentirme con tal de que no me preocupe.

—Está bien. Mira, le hemos hecho un vídeo para que lo veas —le dije, acercándole el teléfono móvil y poniéndoselo.

Sus gestos parecieron relajarse y sus labios dibujaron una sonrisa, triste, pero sonrisa. Después su expresión volvió a transformarse.

—Le vi, Mena —me dijo, mirándome fijamente, con una expresión de dolor que me sobrecogió—. Vi cómo lanzaba las botellas de gasolina hacia la tienda. Si lo hubiese hecho momentos antes me habrían caído encima. Ahora no estaría aquí. Vi el paraguas de tu madre, el que Sheela le regaló y, como siempre, lo habías dejado descolocado. Lo llevé a su sitio y eso me salvó de que las botellas cayeran sobre mí. Siempre hay un motivo para cada cosa, Mena, aunque este sea absurdo o nos parezca una coincidencia, no lo es. Lo desordenada que eres me ha salvado la vida —dijo loriqueando.

—Te he traído el paraguas —le dije, acercándoselo a la cama—. Quiero que sea tuyo.

—No puedo aceptarlo, era de tu madre.

—Sé que a ella le hubiera gustado mucho que tú lo tuvieses. Estoy segura de que te lo habría regalado el día que inauguramos el herbolario —le dije y colgué el paraguas del tirador de la mesilla, reprimiendo las ganas que tenía de llorar.

—Nos hemos quedado sin el herbolario por mi culpa, ¿qué vamos a hacer? —preguntó apesadumbrada.

—No te permito que digas que ha sido por tu culpa. Nada es culpa tuya, nunca lo ha sido. Ese malnacido tiene que pasar el resto de sus días en la cárcel. ¡Tienes que denunciarle! La policía me ha dicho que has declarado no haber visto nada, pero le viste hacerlo. ¿Por qué, Amanda? —le pregunté, cogiendo sus manos vendadas.

—Tengo miedo, Mena. Estoy muerta de miedo. Solo diré que vi las botellas de gasolina entrar en la tienda, así no tendrás problemas para cobrar la indemnización del seguro. No me pidas que haga nada más. ¡No puedo!

»Ya le denuncié y mira de qué ha servido. Ha cumplido su promesa. Dijo que no me lo perdonaría, que jamás me dejaría en paz. Le han dado la condicional y ha aprovechado para volver a hacerme daño. Se saltó la orden de alejamiento. No le importa nada. No tiene conciencia. Casi me mata y podía haber sido peor si tú no hubieras estado en casa de Jorge. Sé que ha querido vengarse de vosotras quemando el herbolario. Lo ha hecho porque salisteis en mi defensa aquella noche en el restaurante. No voy a denunciarle. Tienes que entenderlo. Lo único que quiero es irme lejos, lo más lejos que pueda de él. Tengo que protegeros...

Se marchó con sus padres quince días después del incendio. Acurrucada en el asiento trasero de la furgoneta parecía un perrito callejero al que terminaban de apalear, inquieta, insegura y dolorida por dentro y por fuera. Aún temblaba cada vez que escuchaba algún ruido inesperado. A veces daba un pequeño respingo que nos sobrecogía y lastimaba nuestros sentimientos. Con el rastro que el fuego había dejado en ella: las manos y los pies aún vendados, las pestañas y las cejas quemadas, el pelo cortado al uno, y aquellos ojos tristes, nos dijo adiós llorando. No pudo contener su tristeza y aquel miedo que asomaba en cada uno de sus gestos, que la obligaba a mirar de soslayo cada esquina, cada sombra. A agachar la cabeza aterrorizada ante las siluetas desconocidas.

—Llama cuando lleguéis —le dijo Remedios, después besó su mejilla y se dirigió a los asientos delanteros para despedirse de sus padres y darles una tarjeta con sus números de teléfono, indicándoles que llamaran para cualquier cosa que necesitasen y en cualquier momento.

Entré en la furgoneta y me senté a su lado.

—No dejes de tallar —le dije, cogiendo sus manos vendadas—. Tienes que prometerme que lo harás. En cuanto tengas bien las manos, vuelve a tus duendes. Hablaré con Adrián, tal vez él pueda colocarlos en su tienda, en Londres —le dije.

—Mena —respondió con voz entrecortada—, no le hables de mis duendes a tu hermano. No sé si podré volver a tallar la madera sin recordar cómo ardían mis figuras. Sin pensar en que me localizó a través de ellas.

—Ahora lo que tienes que hacer es recuperarte —dijo Jorge, agarrándome por el brazo e indicándome que saliese de la furgoneta—, debes descansar e intentar olvidar lo sucedido. Dejar de hablar de ello es el primer paso. O sea que a empezar a caminar...

Le miré, él me guiñó un ojo, le dio un beso a Amanda y yo pensé en lo mucho que le quería.

42

Después de que la policía, los bomberos y el perito del seguro terminaran con sus pesquisas, Gonzalo y Jorge se encargaron de ir retirando los restos más grandes de escombros que el incendio dejó medio carbonizados, esparcidos como estatuas muertas en aquella especie de solar negro en el que se convirtió el herbolario. Alquilaron un contenedor y fueron depositándolos en él. Allí yacieron los trozos quemados de los incunables de Sheela, los duendes tallados en madera, mis óleos de colores mediterráneos, las alfombras que Amanda había llevado, sus barajas del tarot y los trozos irreconocibles de los muebles de madera que antes olían a betún de Judea. También la rosa de Jericó y las velas de colores. Todo quedó carbonizado o inservible menos aquel mostrador de madera vieja de pino, curtida por los años y el roce de las manos de las brujas de Eastwick, las de entonces, cuando mi madre y Sheela formaban parte del trío y el nuestro. Jorge y Gonzalo lo arrastraron hasta el patio, ahora descubierto, sin tabiques que lo protegiesen de los edificios colindantes.

El herbolario era la única construcción de un solo piso.

A los lados tenía dos bloques de viviendas de tres plantas cada uno, lo que le daba un aspecto aún más inusual y mágico. Mi madre solía decir que era idéntico a la casita de Stuart Little, la obra infantil de E. B. White. Parecía que los edificios lo protegieran a él, pero una vez que sus paredes cayeron, después de que el incendio y la pala, por seguridad, derribase lo que aún quedaba en pie, los que realmente parecían desprotegidos eran ellos, los gigantes que se alzaban al lado de aquel solar desnudo y desarropado. Al desaparecer el herbolario, la empinada calle en donde se ubicaba perdió el encanto que siempre había tenido, aquella magia que la hacía única; diferente al resto. Se convirtió en una más, igual a las otras, sin seña de identidad propia.

—Al menos podemos hacer botellón en el patio. Nuestro mostrador parece la barra de un bar en las fiestas patronales —dijo Remedios al ver el mostrador rodeado de las sillas plegadas en el patio, con los farolillos intactos sobre él.

Segundos después, llevada por la pena y su ocurrencia, rompió a llorar y reír al tiempo.

Ambas lo hicimos.

En el hospital le prometí a Amanda que buscaría sus runas y que si las encontraba se las mandaría a casa de sus padres.

—Tienen que estar allí, entre los escombros. No puedo perderlas, eran de mi abuela materna —me dijo apenada.

Remedios y yo, equipadas de guantes de goma, con la ropa más cutre que teníamos fuimos escarbando entre los escombros que quedaron después de que Gonzalo y Jorge hubiesen retirado los restos más grandes, dejando la parcela casi como un campo de cultivo después de la quema de rastrojos; ennegrecida y sin vida. Con aquel olor seco y penetrante que parecía no querer abandonar el solar. En un bote de cristal grande y redondo fuimos echando pedazos de lo que encontrábamos e identificábamos con algún objeto. Era como un rito para nosotras. Como si cada pedazo que introducíamos en la botella aún tuviera parte de la vida que le habían arrancado a los objetos las llamas.

—De aquí a la arqueología —dijo Jorge que venía con los cafés que le habíamos pedido. Mirándonos estupefacto.

Las dos estábamos arrodilladas e íbamos poco a poco rastrillando con nuestros dedos el suelo hasta encontrar las losetas de barro. Ahí, al llegar a las baldosas que formaron el piso de la tienda, sabíamos que terminaba la búsqueda. Gonzalo levantó a Remedios sujetándola por un brazo y Jorge se dirigió al mostrador donde dejó los cafés. Yo llevé la botella llena de pedacitos de los lomos de los incunables de Sheela; dos cristales del móvil de la entrada, ovalados y rojos que tuve que limpiar para que volvieran a brillar, varias piedras de colores que tenía adherido el cestillo de *Amenofis* y las bolas de cristal verde del rosario de Sheela. Aquel rosario jamás se retiró del herbolario, era parte de él. Encontramos cinco cuentas del rosario, pero las runas de Amanda seguían sin aparecer.

—Lo más probable es que la pala se las haya llevado —dijo Gonzalo—. No sé el tiempo que pensáis dedicarle a esto, pero se avecina tormenta —concluyó, señalando el cielo—. Como queréis hacerlo solas, Jorge y yo hemos pensado encargarnos de la cena, porque va para largo —apostilló, mirando el suelo.

Cuando las encontramos comenzaba a llover. El primer rayo iluminó el suelo negro y una de las piedras reflejó su luz como si en vez de estar hecha de basalto fuese circonita.

—¡Ahí!, están ahí —gritó Remedios con una sonrisa de satisfacción que me pareció cómica en aquella cara negra, llena de hollín.

La lluvia comenzó a caer con fuerza sobre nosotras. Remedios sostenía las runas en la palma de su mano derecha. Con ella abierta dejaba que el agua cayera sobre las piedras y las limpiase, como si fuesen los guijarros de un río. Cuando el agua comenzó a chorrear por nuestras cabezas empapándonos el pelo, las dos, instintivamente, miramos el mostrador buscando el paraguas rojo colgado de la argolla dorada, pero ya no estaba. Ni el paraguas rojo de Sheela, ni Sheela, ni mi madre, ni Amanda, ni nuestro herbolario. Nos abrazamos sin pronunciar una sola palabra, dejando que el agua nos empapase y lloramos como dos tontas, emocionadas.

El sonido del claxon nos sobresaltó. Era Gonzalo desde el coche que había venido a buscarnos al ver que la tormenta arreciaba.

—¡Ey!, mujeres de agua —gritó desde el coche—. ¡A cenar!

Remedios se incorporó y levantó su mano para enseñarle las runas. El piso estaba resbaladizo y se balanceó. Al intentar estabilizarse las runas se le cayeron de la mano. Se agachó rápidamente y las recogió. Empapadas nos dirigimos al coche.

—¿Qué te sucede? —me preguntó Remedios, ya dentro del automóvil de Gonzalo, al ver que mi expresión había cambiado—. Deberías estar contenta. Las hemos encontrado —dijo, volviendo a abrir su mano orgullosa y quitándome la botella de las manos las introdujo en el recipiente—. De ahí ya no van a salir. Parece que estén encantadas, que tengan vida propia, ¡Dios!, pensé que no las encontraríamos nunca. ¿Verdad? —dijo girándose en el asiento delantero, mirando hacia atrás donde yo estaba sentada.

—Verdad —le respondí con mis pensamientos vagando lejos de allí.

—Mena, ¿me vas a decir qué te pasa?

—Nada, Remedios. Estaba pensando que voy a vender el solar, porque ya no es más que eso, un solar —le dije una verdad a medias. Mentí.

Ella me miró con gesto de incredulidad y un escalofrío recorrió mi cuerpo al recordar el símbolo que dos de las runas habían mostrado al caer de sus manos.

Nos cruzamos con la moto al llegar a casa. Pasó veloz, desafiando el agua que había en la carretera, que empapaba el asfalto y hacía que el agarre de los neumáticos fuese inestable e irregular. Giró su cabeza cubierta por un casco amarillo y nos miró desafiante, parado en medio de la calzada.

—¡Es él! —gritó Remedios.

Gonzalo paró el coche y llamó a la policía. Lo detuvieron dos horas después. Antes le dio tiempo a dejarnos un mensaje hecho con espray negro sobre la madera del mostrador del herbolario:

«La única forma de que muera una bruja es quemándola en la hoguera.»

43

Aquello, el incendio intencionado que sufrió el herbolario, supuso un antes y un después en nuestras vidas. Fue el detonante para que un ciclo se cerrase. Las cenizas que dejaron los muebles quemados y los objetos que había bajo su techo, que se protegían entre sus paredes, fueron perdiendo consistencia, licuándose con el agua y el viento que cayó y erosionó el suelo del solar los días posteriores. Volvieron a la tierra porque tierra eran y en tierra debían convertirse. Con aquellas pavesas también se marcharon muchos recuerdos, infinitos instantes que habían formado parte de la vida de todos nosotros.

Las semanas antes de marcharme, cuando al amanecer me calzaba las zapatillas de running y salía a correr, al terminar el ejercicio me dirigía a la parcela. Exhausta, con la respiración agitada y la falta de fuerzas que me producía la carrera que utilizaba para descargar mi rabia y mi dolor, entraba en la parcela. Me situaba en el centro y, semiinclinada, con las manos apoyadas en los muslos y jadeante, cerraba los ojos con fuerza. Imaginaba el sonido que producía el móvil al abrirse la puerta del local, sentía el olor mágico del recinto. Recordaba a Remedios pulverizando las plantas, a Amanda llenando de agua el recipiente donde teníamos nuestra rosa de Jericó, el aire de paz que se respiraba en el local, los colores mágicos de mis cuadros y de las velas que se exponían en los estantes. Permanecía allí unos minutos, con los ojos cerrados, hasta que mi pulso y mi respiración se acompasaban.

—No puedes seguir martirizándote de esa forma —dijo Jorge un día antes de recibir la notificación de la indemnización del seguro—. Debes tomar las riendas de tu vida. No veo bien que sigas yendo allí todos los días. No podrás tomar una decisión si sigues reviviendo el pasado diariamente —concluyó, pidiéndome con un gesto de sus manos que le diera mis zapatillas para limpiarlas del barro, que todos los días se pegaba a las suelas cuando entraba en la parcela del herbolario—. Sabes que no podemos quedarnos aquí —dijo, mirándome con aquella expresión de adulto entrado en años y experiencia que solía adoptar cuando quería protegerme.

Mi padre supo de lo acontecido. Remedios se lo comunicó nada más recibir la llamada de Jorge. Hablé con él y le tranquilicé. Insistió en desplazarse, pero me negué a que lo hiciese. Sabía que vendría con Sara y aquellos momentos no eran los más adecuados para un reencuentro. Ni con ella, ni con mi padre. Ambos teníamos una conversación pendiente que debía producirse en otras circunstancias. En soledad. Una semana más tarde volvió a llamarme.

—Tenemos que hablar —me dijo—. Es importante...

La pequeña empresa de Sara dejaba pérdidas cada día más inasumibles. Él, a través de uno de los clientes asiduos, había encontrado trabajo en la capital y lo había aceptado. Aquel nuevo puesto le permitiría seguir pagando la hipoteca del chalet. También le obligaba a regresar. Lo harían los dos. Sara y él se establecerían en la casa de mi madre, en mi casa, y mi padre no le veía ningún problema a su traslado, a que conviviéramos todos juntos, como si fuésemos una comuna.

—¡Ni lo pienses! —le dije ofuscada—. No puedes pedirme eso, ¡no puedes hacerlo!

—Cielo —odiaba que me llamara así porque sabía que detrás de aquel apelativo cariñoso siempre había una exigencia camuflada—, no te lo estoy pidiendo. Te estoy diciendo que nos trasladamos en una semana como muy tarde. Los dos, Sara y yo. Tú y Jorge podéis seguir viviendo como hasta ahora —yo le escuchaba incrédula—, tenemos espacio de sobra para los cuatro. Sara está encantada. Míralo desde otro punto de vista; podrás reconstruir el herbolario con más tiempo y calma. Te ayudaremos. Piensa que ahora mi sueldo me dará para echaros una mano. Con la indemnización que van a darte y mi ayuda podrás retomar el negocio. Nuestros problemas económicos, al fin, comienzan a solucionarse...

Miré a Jorge mientras limpiaba mis zapatillas. Recordando las palabras de mi padre, cómo me había organizado la vida en unos minutos, sin sopesar mi situación emocional frente a su pareja. Sin valorar la relación que yo mantenía con Jorge, que vivíamos juntos y necesitábamos seguir así, solos.

—Ya estás mirándome de aquella manera —me dijo Jorge, guiñándome un ojo—, ¿qué?, dime, ¿qué estás pensando?

—Ya he tomado una decisión —le respondí.

Dejó las zapatillas en el suelo y se sentó junto a mí.

—Adelante, estoy preparado —apuntó con una sonrisa irónica.

—Nos vamos —le respondí, besándole en la frente.

—Es lo más bonito que he oído en muchos días...

Remedios, después del incendio, antes de que ella y Gonzalo regresaran a Galicia, nos había propuesto establecernos en el pueblo de Gonzalo. Alquilar con derecho a compra una pequeña finca en la que había dos casitas que se podían convertir en una casa rural.

—Será fácil llevarlo. Gonzalo os asesorará. Eso sí, cuando su hermana se entere que podéis hacerle la competencia nos estrella la pota de barro de las queimadas en la cabeza —nos dijo a Jorge y a mí.

—No —respondió Gonzalo—, nos corre por toda Galicia acompañada de todas y cada una de las meigas de la zona.

»No os preocupéis por eso —puntualizó ya más serio—. El negocio que regentamos mi hermana y yo es totalmente diferente, no tiene nada que ver con el turismo rural.

—Podéis vivir en la casa más pequeña, solos. La otra será la casa rural. Es un lugar mágico, Mena. Podrás pintar y vender tus cuadros a los clientes o en mi pequeña tienda. No es que venda mucho, solo tengo clientes los fines de semana, pero me da para vivir y pagar el alquiler. Es otro tipo de vida. Allí apenas se necesitan un puñado de cosas para ser feliz. Olvidarás todo este mundo de plástico que nos rodea —dijo entusiasmada—. Las dos sabemos que tenemos que ponerle un punto y final a esta etapa —remarcó convencida de lo que decía.

—No te fíes de sus palabras —apostilló Gonzalo, sonriendo irónico—, ya sabes que Reme no da puntada sin hilo. Esto lo hace porque quiere tener a su Jorge cerca y aumentar las ventas de su tienda, que no nos da ni para pipas. Con la casa rural habrá más clientela —concluyó divertido.

Esperé unas semanas para enviarle las runas a Amanda. Lo hice cuando ya disponía de la liquidación de la compañía del seguro en mi cuenta. Junto a ella le mandé una parte de la indemnización y la propuesta de que si quería podía unirse a nuestro negocio en Galicia, en el pueblo de Gonzalo.

—No tenías que haberme mandado nada. No puse ni un duro, al contrario, me disteis cobijo, una casa, un futuro y por mi culpa lo perdisteis todo —me dijo emocionada cuando me llamó al recibir el giro y el paquete con las runas.

—¿Has olvidado lo que te dije? —le respondí enfadada—. Tú no eres culpable de nada.

—En cuanto esté bien, voy a emprender una nueva vida —dijo con la voz entrecortada—. Me marcharé fuera de España. Él sigue en la cárcel —dijo, evitando pronunciar su nombre. Siempre lo hacía—, y no tengo claro que esté mucho tiempo allí, estoy segura de que volverá a salir. No puedo quedarme quieta. Si le dan la condicional, volverá a buscarme...

Jorge cerró la puerta del chalet porque yo no pude hacerlo. Intenté varias veces introducir la tija en la cerradura pero la mano me temblaba y la llave resbalaba por la madera como si no quisiera entrar. Cuando el coche, conducido por Jorge, con su moto en el remolque, fue a tomar la curva en donde se perdía de vista mi casa, me giré, miré hacia atrás con nostalgia y no pude evitar romper a llorar.

Clavamos el cartel de se vende en el suelo del solar como si aquel gesto fuese una despedida, como la cruz que se pone sobre una tumba, al menos eso me pareció a mí. Mientras Jorge terminaba de asegurar bien la madera en la tierra yo me dirigí al coche. Durante unos minutos permanecí mirando aquel espacio vacío, ya sin el mostrador que habíamos vendido a un anticuario después de borrar aquel maldito grafiti. Imaginé a mi madre junto a Sheela diciéndome adiós y sentí una añoranza profunda y dolorosa.

Debí vocalizar alguna palabra sin darme cuenta porque Jorge, que ya se había sentado al volante, detuvo el motor y me dijo:

—Ahora que lo dices, a mí también me había parecido verlo al fondo, justo donde estaba el mostrador. Voy a mirar. —Se bajó del coche y volvió al solar dejándome dentro, desconcertada.

Se arrodilló y comenzó a escarbar en la tierra. Regresó con un pequeño paraguas rojo en sus manos.

—Alguien debió olvidarlo —dijo con gesto de extrañeza—, estaba dentro de la zanja que dejó el mostrador al retirarlo. Vi el color rojo mientras clavábamos el cartel, pero pensé que era un papel hasta que has dicho tú que había un paraguas. —Le miré sorprendida porque no entendía lo que me estaba diciendo. No recordaba haberle dicho nada—. No sé cómo no lo vimos cuando levantamos la barra. Es posible que la lluvia lo haya destapado ahora. La tierra se ha ablandado y removido mucho. —Lo giró entre sus manos y volvió a observarlo con detenimiento—. Es muy pequeño y antiguo. ¡Precioso, muy bonito! —exclamó—. Tal vez llevaba ahí más tiempo del que creemos. Quizá fuese de Sheela. Mira, fíjate bien, lleva una S grabada en la empuñadura.

Lo abrió y, al desplegarlo, de su interior, cayó una bolsita de plástico. En ella había una pequeña nota manuscrita:

PROTEGE CON TU SOMBRA Y TU COLOR A TODOS
LOS QUE BAJO ESTE TECHO VIVAN HOY Y SIEMPRE

Al ver la caligrafía supe que lo había escrito Sheela. La letra era la misma que tenían muchas de las anotaciones que ella, a pie de página, hacía a lápiz en sus incunables.

Estrujé el papel entre mis manos pensando en que su conjuro, su deseo, nos había protegido a todos menos a ella que había sido asesinada en el herbolario.

La magia a veces no se deja hacer, simplemente te abandona. Sin un motivo, sin un porqué.

44

No me costó mucho habituarme a aquel entorno mágico. Me fue relativamente fácil volver a su paisaje teñido de verde, arropado por el sol y bañado del rocío que abrillantaba las plantas al amanecer. A sus árboles milenarios y el sonido del mar arrullando mis horas. Me desprendí de muchos hábitos, de necesidades que no eran tales y del reloj que aturdía mis pensamientos y embarraba los días con su maldito tictac. Tomé los pinceles, los óleos y los lienzos. Me perdí en los brazos de Jorge, sin prisas, sin un motivo o un porqué; a cualquier hora. Tracé dibujos hechos de caricias en su pecho moreno y limpio. Me bebí su sonrisa ancha. Intenté adoptar su falta de ambición, esa actitud frente a la vida que le permitía saber qué color tenía la felicidad.

—Roja, la felicidad es de color rojo. Como el sol al atardecer en agosto, como tus labios, como la sangre que recorre tus venas, como tu paraguas. ¡Ven!, verás cómo la sientes —me decía riendo. Cogiéndome en volandas y besándome en la frente cuando estaba decaída. En los momentos en que echaba en falta aquellas soledades compartidas con mi madre o en el herbolario junto a Amanda y Remedios.

Volví a sentirme libre, tranquila, con un futuro limpio, sin horizontes delimitados, y comprendí que Remedios tenía razón, ¡siempre había tenido razón! Vivir es sencillo, saber hacerlo solo depende de nosotros.

Retorné a la gastronomía de Remedios, que se había equivocado de negocio al poner una tienda de recuerdos para turistas en vez de un restaurante, y me propuse convencerla para que se replanteara cambiar de actividad. Aunque aquello, según ella, era imposible.

—No sé cocinar más que para tres —decía riéndose—, si aumentas el número de comensales, haré rancho para soldados...

La casa rural comenzó a tener huéspedes, algunos compraban mis lienzos, otros se dejaban arrastrar por la magia de los objetos que Remedios iba adquiriendo en los pueblos cercanos, la mayoría viejos aperos de labranza ya desechados por sus dueños, pero que para la gente de asfalto eran auténticas reliquias que colgaban en sus porches o paredes. Nuestro vestuario fue reduciéndose al mismo ritmo que nuestras necesidades. Poco a poco fuimos aligerando equipaje y cargando sueños en nuestras mochilas. Pero ya no eran los mismos, no estaban emparentados ni de lejos con los de tiempo atrás. Estos eran vitales, sencillos, fáciles de conseguir. Estaban llenos de sol en la mañana, leños en el fuego, leche recién ordeñada y charlas a la luz de la luna sobre las cosechas y el ganado o las leyendas que los lugareños narraban con aire de trovadores, dejándonos siempre con el pecho y el corazón encogidos. Protegidos por los conjuros de Gonzalo y sus queimadas. Ligeros de equipaje y empapados de vida, fueron pasando los meses, lentos, abrumadores y llenos de instantes irrepetibles, de chimenea y manta sobre las piernas.

Supe que estaba embarazada el mismo día en que la editorial me envió los ejemplares que me pertenecían por derechos de autor del diario de mi madre. La edición se había retrasado por los cambios que yo solicité hacerle a última hora. Mi editora no estaba de acuerdo en retocar aquella parte que el comité de lectura consideraba fundamental y muy realista. Y vaya si lo era, pensé cuando me lo dijeron, era tan real que a Remedios la tenía en un sinvivir desde que Antonio fue detenido. Estuvimos varios meses en un tira y afloja que se solucionó poniendo el consabido y salvador: «... Por todo ello, esta novela es, en su totalidad, una obra de ficción, y como tal debe ser interpretada la integridad de su contenido.» Remedios descansó y yo me sentí aliviada por ella y porque, como le había manifestado, estaba harta de que siempre se viese a las víctimas como verdugos, de que no se les perdonase una defensa, un acto en defensa propia. ¡Estaba tan asqueada de las injusticias!

Aunque me moría de ganas por abrir la caja con los ejemplares de *En un rincón del alma*, no lo hice. Esperé a que llegase la noche para comunicarle a Remedios y a Gonzalo el embarazo y al mismo tiempo mostrarles la novela editada en papel. Jorge había preparado una cena especial que tomaríamos los cuatro junto a la chimenea, después les daríamos la sorpresa.

—Espero que sea una niña, para regalarle un paraguas rojo. Hay que continuar con la saga de las mujeres de agua. ¡Dios mío!, me vais a hacer abuela, con lo joven que soy aún —dijo Remedios emocionada.

—Si es un niño también puedes regalarle el paraguas, hay muchos hombres de agua —le dije, abrazándola y señalando a Jorge y a Gonzalo.

Abrí el paquete de la editorial cuando terminamos de cenar, bajo la mirada atenta de los tres. Ya con las copas de licor de bellota en la mano. Su apertura fue un homenaje a mi madre y a Sheela, las primeras mujeres de agua junto a Remedios. Antes de romper la cinta de embalar encendimos dos velas rojas en su memoria.

La portada de la novela, de *En un rincón del alma*, era tan sencilla como llena de significado para Remedios y para mí. En ella había una mujer de espaldas que sujetaba un paraguas rojo abierto mientras la lluvia caía. Allí, bajo ese paraguas, entre las páginas de la novela, de la vida de mi madre, deseé que se cobijasen muchas mujeres de agua. Por eso había decidido publicarla, solo por eso.

Un mes después, Jorge y yo viajamos a visitar a mi padre. Fue tal su alegría cuando le comuniqué mi embarazo, sus constantes súplicas para que le permitiera verme, la insistencia de Jorge y Gonzalo que me abroncaban por no dejar que el tiempo transcurriese y perdonar sus últimas actuaciones, por no pasar página, que, finalmente, decidí visitarle. Volver a nuestra casa.

Como decía mi madre, nos pasamos media vida recordando los malos momentos cuando deberíamos hacer lo contrario. Eso pensé cuando Sara vino hacia mí y me abrazó dándome la enhorabuena por mi futura maternidad.

El solar del herbolario seguía en venta. La crisis se agudizaba y no había manera de darle salida.

—Quizá no deberías venderlo —me dijo Remedios antes de que saliéramos camino de la casa de mi padre, cuando Jorge metía las maletas en la furgoneta de Gonzalo—. Piénsalo, si lo haces tal vez se convierta en un bloque de pisos, como la canción de *La casita blanca*, de Serrat, nuestra casita —apostilló mirando encandilada a Gonzalo. Él la abrazó con fuerza—, y tú no querrías eso, ¿verdad? Piensa que no te hace falta venderlo. Ahora no tienes necesidad de hacerlo. ¿Y si lo dejas por si algún día, nuestra mujer de agua —dijo, acariciando mi barriga— quiere abrir un herbolario con alguna amiga? Nunca se sabe lo que el destino nos deparará —concluyó, abriendo su mano y mostrándome una runa con un símbolo maravilloso en su superficie—. Me la envió Amanda hace unos meses desde Santorini. Me dijo que te la mostrase cuando nos comunicases tu embarazo. Sabía que te quedarías embarazada antes que tú. Es una gran meiga, de las pocas que aún quedan.

La miré y recordé las palabras de mi madre:

—Es como la casita de Stuart Little, debería haber una tienda igual en cada ciudad para que nunca olvidemos que la magia existe y que reside en lugares como este.

Antes de dirigirme al solar fuimos a visitar la tumba de mi madre. Sobre ella dejé uno de los ejemplares de su diario editado y, reclinando mi pena, de rodillas frente a la lápida, le dije:

—¡Va por ti, mujer de agua! Gracias por todo lo que me diste.

Quité el cartel de venta del solar ayudada por Jorge. Después, mi padre y él cavaron una zanja pequeña pero profunda en el centro del terreno y allí volví a depositar el pequeño paraguas de Sheela que Jorge había encontrado tiempo atrás. Junto a él, dentro de una bolsa de plástico, dejé un papel donde escribí su conjuro de protección y un ejemplar de *En un rincón del alma*. Sabía que años más tarde el herbolario de las brujas de Eastwick resurgiría. No podía ser de otra forma porque en aquel lugar habitaba la magia. Finalmente, coloqué encima la runa que Amanda le había enviado a Remedios y eché un puñado de tierra.

«La vida, a fin de cuentas, es eso, un hola y un adiós»,

pensé mientras Jorge tapaba la zanja, acariciando mi barriga y junto a la sonrisa de felicidad de mi padre. Cerré los ojos y deseé que el destino me permitiera comprobar cómo, años más tarde, la profecía de la que hablaba el símbolo de la runa se cumplía.

DE LA MISMA AUTORA

EN UN RINCÓN DEL ALMA

Antonia J. Corrales

Cuando goza de lo que para muchas personas sería una situación privilegiada (buen estatus económico y social, hijos mayores e independientes), Jimena, se siente más sola que nunca. Su vida ha pasado como un destello de luz ante sus ojos, sin darle tiempo a vivir, a sentir o poder ser la persona que en realidad es.

Es entonces cuando toma conciencia de que es una desconocida para los suyos, que ha pasado lo mejor de su vida viviendo la vida de los que amaba, sin vivir la suya propia. La infidelidad de su marido, la pérdida de una de sus amigas, y la «marcha» de su amante, la llevarán a replantearse muchos valores e ideales y retomar las riendas de su presente...